LA MOMIE BAVARDE

L'auteur

Odile Weulersse est née à Neuilly-sur-Seine. Diplômée de l'Institut d'études politiques de Paris, agrégée de philosophie, elle est actuellement maître de conférences à l'université Paris-IV Sorbonne. Elle aime faire revivre, à travers de passionnantes aventures, les anciennes civilisations.

Du même auteur, dans la même collection :

Le chien du roi Arthur
L'oasis enchantée

Loi n° 49-956 du 16 juillet 1949 sur les publications destinées à la jeunesse : septembre 1999.

© 1999, éditions Pocket Jeunesse, département d'Univers Poche.

ISBN 2-266-08616-2

Odile WEULERSSE

La momie bavarde

Illustrations de Véronique Boiry

POCKET
jeunesse

Pour Melchior

CHAPITRE PREMIER

UNE ODEUR SUCRÉE

— Regardez comme c'est beau ! dit Alphonse en se retournant vers la lunette arrière de la voiture. La lune est juste au milieu des deux minarets !

M. et Mme Rosito tournent la tête pour admirer la mosquée El-Rifaï, qui élève ses fins minarets sur le ciel laiteux, lorsque Mina s'écrie :

— Attention, Papa !

Trop tard. La voiture de M. Rosito accroche un étal de fruits dressé au croisement de deux rues du Caire. Citrons, pommes, oranges, pamplemousses et dattes, se répandent sur le sol.

— Quelle idée de vendre des fruits à minuit ! soupire Mme Rosito.

D'un air affolé, le jeune vendeur égyptien ramasse la marchandise qui roule et s'éparpille dans la rue et le caniveau. Mina descend aussitôt de la voiture, noue les quatre coins de son foulard Dumbo, et commence à y rassembler les fruits. Le garçon la remercie d'un sourire et la petite fille se présente :

— Je m'appelle Mina, j'ai neuf ans. Je viens de France. Nous sommes en vacances pour visiter l'Égypte. La dernière fois, nous sommes allés dans le Sahara. Ça a été terrible, tu veux que je te raconte ?

— Ta vie n'intéresse pas du tout cet Égyptien ! commente son frère Alphonse par la fenêtre ouverte du véhicule. D'ailleurs il ne doit rien comprendre à ce que tu dis.

— Si, je comprends, dit le vendeur avec l'accent cairote[1]. J'ai un peu appris le français.

Mina s'empresse de lui expliquer :

— Mon frère croit toujours avoir raison parce qu'il a trois ans de plus que moi et qu'il passe son temps à lire et à réfléchir. Il se croit beaucoup plus intelligent que tout le monde. C'est pénible. Comment t'appelles-tu ?

— Raouf, répond le garçon.

1. Des habitants du Caire.

Mina se retourne, triomphante, vers Alphonse.

— Tu ferais mieux de venir nous aider au lieu de critiquer !

Alphonse sort de l'auto de mauvaise grâce. Les yeux lourds de sommeil, il glisse sur une datte, dérape, et retombe sur le tréteau en faisant basculer les pyramides d'oranges que Raouf réinstallait. À nouveau les fruits se répandent de tous côtés. Mina cherche à stopper l'éparpillement des oranges, mais l'une d'elles continue à s'éloigner. Mina court pour la rattraper. À sa grande surprise, l'orange continue son chemin imperturbablement. Elle tourne sur la gauche, emprunte une ruelle, une deuxième, une troisième et se retrouve sur une large avenue. La route est déserte. Mina poursuit l'orange jusqu'à ce qu'apparaisse la masse sombre du plateau de Gizeh où se dressent les trois grandes pyramides[1], que la lune baigne d'une lumière argentée. Essoufflée, Mina s'apprête à rebrousser chemin, lorsque l'orange se met à crépiter en faisant jaillir des étincelles rouges, jaunes et bleues. Puis les

1. Les pyramides de Chéops, Khéphren et Mykérinos.

étincelles se rassemblent en flammes et l'orange se transforme en un petit soleil tournoyant. Mina est ahurie :

— Voilà un phénomène extraordinaire ! Un fruit qui se transforme en feu ! Jamais Alphonse ne me croira !

Et malgré sa fatigue, aiguillonnée par la curiosité, Mina reprend sa course.

L'avenue monte jusqu'à la lisière du désert, où le grand Sphinx solitaire l'accueille d'un regard sévère. Impressionnée, Mina interrompt sa marche. Aussitôt le petit soleil s'arrête.

— On dirait que cette orange m'attend, s'étonne Mina. Voilà qui est de plus en plus étrange !

L'orange-soleil remonte gaillardement le plateau, dépasse les pyramides et, sensiblement plus loin, s'immobilise. Mina s'approche à pas prudents et découvre une banale peau d'orange, rétrécie et calcinée.

— Toute cette course épuisante pour rien, constate-t-elle, dépitée, en donnant un coup de pied dans la peau noircie.

Elle s'assied sur un monticule de sable et de cailloux et regarde autour d'elle : aucune

maison, aucune tente, aucune voiture à l'horizon : le désert s'étend de tous côtés.

Mina soupire, bâille profondément, et soudain entend :

— Atchoum ! Atchoum ! Atchoum !

— Qui est là ? demande la petite fille en bondissant sur ses pieds.

— Atchoum ! Atchoum !

— Il n'y a aucune raison d'éternuer ici, commente-t-elle.

— Tu te trompes ! répond une voix féminine. Il y a de légers flottements d'air tiède qui me refroidissent.

Mina examine les environs : ils sont toujours déserts mais voici qu'une odeur sucrée et parfumée se répand autour d'elle. Sans se laisser déconcerter, elle reprend la conversation.

— Vous devez être très sensible aux changements de température, dit-elle.

— C'est que je n'ai pas une peau et une chair épaisses comme toi.

— Ma chair est mince et je n'ai pas une peau d'éléphant, s'indigne Mina. Mais je reconnais volontiers que vous êtes très transparente.

— C'est normal !

— Pourquoi donc ?

— Je suis une âme errante.

— Une âme errante ?

— Oui, répond l'âme d'une voix légèrement prétentieuse.

— Oh ! Il n'y a pas de quoi vous vanter. Ce n'est pas très intelligent de perdre son corps.

L'âme répond avec un hoquet de stupeur.

— Ton insolence me fait une peine immense. Au revoir, petite impertinente.

— Non, non, ne partez pas ! Racontez-moi votre vie !

Mais la voix et l'odeur sucrée ont disparu.

M. et Mme Rosito n'ont pas dormi de la nuit. À l'aube, après avoir cherché en vain leur fille, ils attendent dans l'entrée de l'*Hôtel du Bon Touriste*, proche des pyramides de Gizeh. Mme Rosito fait les cent pas, s'assied, soupire, se relève. M. Rosito ne cesse de téléphoner.

— Mais enfin, que dit la police ? demande Mme Rosito à son mari qui raccroche le combiné.

— Je te l'ai déjà répété cinq fois : ils font leur possible pour retrouver notre fille.

— Ils font leur possible ! Comment la retrouver parmi les dix-sept millions d'habitants de cette ville ?

— Mina est débrouillarde. Elle sait parler, s'expliquer, prendre des initiatives.

— Elle n'a que neuf ans ! Tu la traites toujours comme une adulte ! reproche Mme Rosito. Pourquoi as-tu laissé Alphonse partir avec ce Raouf ? Nous ne savons même pas où il habite.

Devant l'hôtel un véhicule quatre-quatre s'arrête en klaxonnant. Mina en descend, l'air ravi.

— Merci, merci beaucoup de m'avoir ramenée ! dit-elle au chauffeur.

Mme Rosito court la serrer dans ses bras.

— Ma petite fille, te voilà enfin ! Où étais-tu ? Que fais-tu avec ce monsieur ? J'ai eu tellement peur !

— Qu'est-ce qui t'est arrivé ? demande son père.

— J'ai suivi une orange qui roulait toute seule. Elle s'est transformée en soleil et ne s'est arrêtée que dans le désert.

— Mais qu'est-ce que tu racontes ?

— Alors…

Mina hésite à dire la vérité. Elle craint que ses parents ne la croient folle. Mieux vaut se taire pour le moment et garder la rencontre secrète.

— Non, rien. L'orange était toute brûlée.

M. Rosito hoche la tête d'un air perplexe.

— Étrange ! Vraiment étrange ! Va dormir un peu, ma petite chérie, tu dois être épuisée.

Puis il murmure à sa femme :

— Il faudra l'envoyer chez l'ophtalmologiste en rentrant en France.

— Pourquoi ?

— Elle voit des étincelles. C'est un dérèglement de la vision bien connu.

Mina a du mal à s'endormir tant elle est excitée par l'aventure de la nuit. Qu'en pensera son frère ? Saura-t-il, lui qui connaît tant de choses, expliquer d'où venait cette voix ?

Alphonse, enfin, ouvre discrètement la porte et demande à voix basse :

— Mina, tu dors ?

— Non.

— Raconte ce que tu as fait cette nuit.

D'un bond, Mina s'assied sur son lit et annonce triomphalement :

— J'ai rencontré une âme errante.

— Je ne te crois pas.

— Fais comme tu veux, dit-elle en se recouchant et en tirant son drap sur sa tête. Et laisse-moi dormir. Je suis très, très, très fatiguée.

Alphonse s'assied à côté de sa sœur.

— D'accord, je te crois. Maintenant raconte !

— L'orange s'est transformée en un petit soleil qui a roulé, loin derrière les pyramides. Et là, une âme m'a parlé. Une âme qui ne se voit pas et qui sent très bon.

— Qu'a-t-elle dit ?

— Presque rien. Elle a vite disparu en disant que je lui faisais beaucoup de peine.

— Tu as été insolente, comme d'habitude.

— Mais non, je t'assure que je n'ai rien dit de désobligeant.

— Tu ne t'en rends même plus compte. C'est cela qui est grave. À mon avis, tu as rêvé ! Tu t'es endormie dans le désert et tu as rêvé. C'est normal que tu te sois endormie, car le chemin était très long et tu es une petite fille de neuf ans qui se fatigue vite.

— Tu m'agaces avec tes raisonnements ! dit Mina, les larmes aux yeux.

— Ne te fâche pas. Nous irons cette nuit dans le désert. Nous vérifierons si cette âme existe ou non. Nous verrons qui de nous deux a raison.

— Je te préviens, c'est très loin.

— Je trouverai un chameau. Ahmed, qui emmène les touristes en balade, m'en prêtera un. J'ai joué avec lui aux échecs hier soir. Il est très gentil.

— Tu sais encore monter sur un chameau, depuis Timia [1] ?

1. Voir *L'oasis enchantée*.

— Ce sont des choses qui ne s'oublient pas, comme marcher, nager, skier. Par exemple, toi, tu sais encore faire du patin à…

Alphonse interrompt ses explications car Mina est déjà endormie.

La nuit a plongé l'Égypte dans l'obscurité, lorsque les deux enfants s'éloignent de l'*Hôtel du Bon Touriste*. Alphonse, les pieds sur le cou du chameau, sa sœur bien serrée contre lui sur la grande selle, dépasse la pyramide de Mykérinos et s'avance dans le désert du Sud.

— C'est ici ? interroge Alphonse après un moment qui lui paraît interminable.

— Je ne sais plus.

— Tu aurais pu faire un effort pour repérer l'endroit.

— Dans le désert tout est pareil, grogne Mina.

— Pas du tout. C'est que tu ne sais pas regarder.

— Arrête-toi maintenant, demande sa sœur. La lune se lève, et l'âme errante ne doit pas être loin.

Alphonse donne un petit coup de pied pour faire baraquer[1] le chameau. Les deux enfants arpentent le désert en scrutant le ciel.

— Âme errante, es-tu là ? lance Alphonse d'un ton sceptique.

— Âme errante ! Hou hou ! Bonjour ! Nous voilà ! crie Mina.

Devant le silence obstiné de l'âme, Mina explique :

— Elle est très frileuse. Elle doit éviter le plus léger courant d'air.

Alphonse met son doigt dans sa bouche et le brandit en l'air pour percevoir la moindre brise. Dans cette position bizarre, il marche de long en large.

— Ici, l'air est totalement immobile ! annonce-t-il.

Sa sœur le rejoint en courant et appelle :

— Âme errante, réponds-moi ! Tu m'as parlé hier et je reviens discuter avec toi. J'ai amené mon frère.

Seul le chameau blatère[2] doucement.

1. Baraquer : s'agenouiller.
2. Quand le chameau pousse son cri, on dit qu'il blatère.

— Tu as rêvé, conclut Alphonse. C'est exactement ce que je pensais.

— C'est toi qui lui fais peur. Elle craint que tu te moques d'elle. Éloigne-toi.

Un éclat de rire résonne dans l'air du soir.

— Que mon cœur est joyeux ! Je n'ai jamais tant ri depuis que j'ai dansé sur un hippopotame, s'exclame la voix.

— La voilà ! exulte Mina. Tu peux constater que je n'ai pas rêvé. Mais qu'as-tu ?

Alphonse se tient immobile, le visage en extase.

— Alphonse ! Je te parle ! insiste sa sœur.

— Elle a une voix qui transperce le cœur, murmure son frère.

— N'exagère pas. C'est juste une voix très douce et qui chantonne.

— Son odeur me fait tourner la tête.

Mina dévisage son frère avec stupeur. Le visage tendu vers l'âme, celui-ci demande :

— Comment t'appelles-tu ?

— Taïa. Je suis la princesse Taïa.

— Je ne connais pas ce nom. À l'école je n'ai appris que Nefertiti, Nefertari et Hatchepsout.

— Je suis beaucoup plus ancienne que ces reines-là, explique l'âme. J'appartiens à la

V^e dynastie des pharaons. Je suis née la quatorzième année du règne d'Ounas. Cela fait plus de quatre mille ans.

Devant l'air ignorant des enfants, elle soupire :

— Je m'aperçois que vous connaissez très mal l'histoire de l'Égypte.

— C'est qu'il n'y a pas que l'Égypte au monde ! remarque Mina. Le programme d'histoire est très vaste.

— Moi, c'est l'histoire de l'Égypte que je préfère, Taïa, déclare Alphonse.

— Ah ! quel bonheur d'entendre prononcer mon nom ! Redis-le.

— Taïa, princesse Taïa, répète Alphonse. Dis-le toi aussi, murmure-t-il à sa sœur.

— Taïa, princesse Taïa.

— J'ai l'impression de revivre rien que d'entendre mon nom. Maintenant, dites-moi des choses agréables.

Alphonse répond aussitôt :

— Tu as une voix bouleversante qui fait chavirer mon cœur. Ton odeur me remplit de joie. Et tu es très belle.

Mina commente à voix basse :

— Comment peux-tu affirmer qu'elle est belle, puisque tu ne la vois pas ? Elle a peut-être un nez minuscule et de gros yeux de hibou.

Mais Alphonse n'entend pas les propos de sa sœur et sourit de bonheur.

— Prononcez encore mon nom, demande Taïa.

— Taïa, Taïa, princesse Taïa, dit Alphonse.

— Encore ! insiste la princesse.

— Si elle continue comme ça, elle va nous transformer en perroquet ! s'indigne Mina. Elle exagère de nous donner des ordres. Les princesses ne sont plus ce qu'elles étaient, elle devrait le savoir. Depuis le pharaon Ounas, il y a eu la Révolution française. Napoléon est même venu ici la leur expliquer.

— Il faut la comprendre, murmure Alphonse. Elle est fille de pharaon. Et Pharaon, je l'ai appris au collège, se considérait comme Dieu sur terre. Elle est donc la fille de Dieu sur terre, et habituée à ce que tout le monde s'incline devant elle. On ne change pas facilement de telles habitudes.

— En quatre mille ans pourtant, elle a eu le temps d'évoluer. Taïa ! Taïa ! répète Mina d'un ton ironique.

Mais personne ne répond.

— Tu l'as vexée encore une fois, s'indigne Alphonse.

— Tant pis pour elle ! Je ne vais pas tourner sept fois ma langue dans ma bouche avant chaque mot à cause d'une princesse morte il y a quatre millénaires. J'ai sommeil. Rentrons.

Et sur le chameau, elle ajoute avec un gros soupir :

— Je pensais que c'était très amusant de rencontrer une âme. En réalité, c'est très monotone.

— Moi, je trouve ça merveilleux !

— Ce n'est pas merveilleux de répéter Taïa des dizaines de fois. C'est assommant. Je me demande ce qui te prend de rester bouche bée devant cette princesse. Elle ne pense qu'à elle. Elle est trop égoïste.

— Mais c'est extraordinaire de rencontrer une âme errante dans le désert ! C'est une aventure incroyable… ! Bouleversante !

— Je vois bien que tu es sur un petit nuage ! Fais plutôt trotter ce chameau ! J'ai hâte d'être rentrée.

Sur les tables du restaurant, il y a de jolies nappes qui représentent des oiseaux, des canards, des fleurs de papyrus ou de nénuphars. M. Rosito, tout en dévorant ses œufs au bacon, parcourt le guide du Caire.

— Aujourd'hui, nous irons visiter la mosquée el Hafar. Un haut lieu de l'Islam. C'est la plus grande mosquée après La Mecque.

— Et quand irons-nous voir une danse du ventre ? demande Mme Rosito.

— Ce soir, après dîner, si vous voulez.

— Chic, déclare Mina. J'adore.

Alphonse sort de sa rêverie pour déclarer :

— Je suis fatigué. Je vais me recoucher.

M. Rosito s'indigne :

— Emmener ses enfants dans un pays si passionnant, si riche d'histoire, pour qu'ils se couchent parce qu'ils sont fatigués, c'est décourageant ! Quand j'étais jeune…

— Je sais, Papa, interrompt Alphonse agacé, quand tu étais jeune tu faisais tout beaucoup mieux que nous.

— Du calme, dit Mme Rosito en riant. Moi, je vais vous dire ce que j'aimerais faire : j'ai envie de prendre des cours de danse du ventre en rentrant en France. Qu'en pensez-vous ?

— Tu ne crains pas d'être un peu ridicule ? interroge Mina.

— Pas du tout. Et toi, Alphonse, qu'en penses-tu ?

Alphonse prend un air ahuri et répond :

— Je pense que Taïa est extraordinaire.

— Mais de qui parles-tu ?

Mina s'empresse d'expliquer :

— Il rêve debout. Cela arrive souvent dans le désert.

La journée s'étire lentement et Alphonse s'impatiente en attendant la nuit. Enfin, il peut se faufiler derrière l'hôtel, chuchoter avec Ahmed et monter vers le plateau.

Quand la lune se lève et projette l'ombre du chameau et de son cavalier sur les cailloux, Alphonse descend de sa monture.

— Taïa ! Taïa ! Où es-tu ?

— Je suis là, Alphonse. Es-tu seul ?

— Oui, Mina ne viendra pas.

— Tant mieux. Elle ne m'aime pas. Et toi ?

— Moi ? je désire tout le temps entendre ta voix. Elle me donne des frissons partout, jusqu'aux pieds. Et ton odeur…

— … te fait tourner la tête ! termine Taïa en éclatant de rire. Tu l'as déjà dit ! Ah, que je m'amuse ! Que je suis contente !

Alphonse sourit de joie et demande :

— Que fais-tu ici depuis quatre mille ans ?

— Il m'est arrivé un affreux malheur. Mon père, Pharaon, m'aimait beaucoup. Il avait acheté, pour me protéger dans la vie éternelle, des amulettes très précieuses, à répartir dans les bandages de ma momie. Je devais garder secret ce trésor de turquoise, de lapis-lazuli, d'or et d'émeraude. Mais je ne sais pas me taire, et j'ai raconté à une personne, puis à une autre, puis à une troisième, qu'il y aurait de très riches bijoux dans mon sarcophage. Tout le monde a fini par le savoir et j'en ai été bien punie.

L'âme errante se tait, secouée par un bref sanglot.

— Et que s'est-il passé ? demande Alphonse.

Taïa éclaircit sa voix avant de reprendre son récit.

— Soixante-dix jours après ma mort, ma momie fut prête avec ses bandelettes et ses trésors. On la mit dans un sarcophage et, entourée par les prêtres, les pleureuses et les danseurs, on la transporta vers ma tombe. Soudain, quatre hommes se sont précipités, ont bousculé les prêtres, arraché mon sarcophage et se sont enfuis en volant ma momie si vite que personne n'a pu les rattraper. Depuis, je suis condamnée à errer sur la terre. Car il est nécessaire de posséder un corps, pour entrer dans le Royaume des morts et des dieux.

À nouveau, elle étouffe un sanglot.

— Personne ne t'a aidé à retrouver ta momie ? s'étonne Alphonse.

— Non ! tout le monde s'arrête aux trois grandes pyramides. Et lorsque par hasard un curieux passe par ici, il prend peur et s'enfuit dès qu'il entend ma voix. Je n'ai plus beaucoup de temps. Après cinq mille ans, si je ne rejoins pas ma momie, je mourrai sans aller dans le monde d'Osiris [1]. Toi, Alphonse, m'aideras-tu ?

Envoûté par la voix, le garçon répond :

— Je ferai ce que tu voudras.

Taïa émet un profond soupir de soulagement. Puis d'une voix tendre elle demande :

— Souffres-tu loin de moi ?

— Oui, murmure-t-il.

1. Osiris est le dieu qui règne sur le Royaume des morts.

26

— Étouffes-tu sans mon parfum ?

— Oui.

— Ton cœur songe-t-il sans cesse à la malheureuse Taïa ?

— Sans cesse.

— Me laisseras-tu errer lamentablement ?

— Jamais, bafouille Alphonse, qui sent monter en lui une grande flamme d'amour et de fierté.

Oui, il sauvera la princesse de la triste fin qui la menace. Rien ni personne ne l'empêchera d'obtenir pour Taïa la joie éternelle. Grâce à lui, elle entrera au Royaume des morts.

Il entend Taïa respirer profondément de bonheur en exhalant un nuage de sa délicieuse odeur.

— Tu es bien celui que m'a annoncé le dieu Rê[1], celui qui me délivrera, déclare-t-elle.

— Mais comment pourrai-je te délivrer ? crie Alphonse, subjugué.

— En retrouvant ma momie et ensuite ma tombe.

Le garçon reste ébahi devant l'énormité de la tâche. Tant d'archéologues et de voleurs ont déjà sillonné le désert pour retrouver les corps entourés de bandelettes. Les uns pour voler les bijoux, les autres pour utiliser les momies comme bois de chauffage ou pour en extraire des huiles utiles à certains médicaments, certains enfin, les plus récents, pour les analyser au scanner. Et lui, Alphonse, il devrait, tout seul, découvrir le corps momifié de Taïa !

Tandis qu'il jette un regard perplexe sur l'immense et caillouteuse étendue désertique, la princesse s'inquiète de son silence :

— Que crains-tu ?

Alphonse prend un air consterné :

1. Rê est le dieu Soleil.

— Je voudrais tant t'aider, je t'aime, mais saurai-je…

— Atchoum ! Atchoum ! Excuse-moi, j'ai froid. Il y a une petite brise du nord qui vient de se lever. Je dois partir. À demain !

Mina se réveille en se frottant les yeux.

— Tu as fait des cauchemars cette nuit. Tu criais : Taïa ! Taïa !

— La princesse est très malheureuse. Elle ne peut plus vivre sur terre, ni rejoindre le Royaume des morts.

— C'est peut-être de sa faute, suggère Mina avec indifférence, en se dirigeant vers la douche.

— Elle est trop bavarde. C'est à cause de cela qu'elle a eu tous ces ennuis. Il faut quand même l'aider.

Le bruit de l'eau recouvre les paroles d'Alphonse, et Mina crie :

— Je n'entends rien !

Dès que Mina réapparaît, dans une grande serviette rouge, les cheveux trempés, elle demande :

— Qu'est-ce que tu disais ? Qu'il faut l'aider ?

— Oui, en retrouvant sa momie !

Mina éclate de rire :

— Elle se moque de toi. Je m'étonne que tu ne t'en aperçoives pas. Si sa momie pouvait être retrouvée, elle le serait depuis longtemps. Taïa raconte n'importe quoi. Je suis certaine qu'elle n'a jamais dansé sur un hippopotame, qu'elle n'a pas quatre mille ans et qu'elle n'est pas une fille de pharaon.

— Comment oses-tu dire des choses pareilles ! s'exclame Alphonse.

Et il se précipite vers sa sœur, la saisit par les épaules en la secouant furieusement.

Mina se débat en criant :

— Mon pauvre frère, tu deviens bête, stupide, imbécile, crédule… Aïe ! tu me fais mal !

Confus de sa brutalité, Alphonse lâche sa sœur. Mina, dignement, finit de s'habiller sans dire un mot et sort de la chambre.

Sur la terrasse de l'hôtel, à l'abri d'un figuier, M. Rosito, la figure et les bras cramoisis par les coups de soleil, est plongé dans son guide de l'Égypte.

— Je ne t'embrasse pas, Papa, tu es tout gluant de crème… Chic… il y a du jus de mangue. J'adore.

Mina donne un rapide baiser à sa mère et se met à table.

— Qu'est-ce qu'on fait aujourd'hui ? demande-t-elle.

M. Rosito lève le nez de son guide :

— Ce matin : visite de la Citadelle, construite par Saladin au XIIe siècle. Cet après-midi, promenade : sur le canal qui conduit au village de l'époque pharaonique. Vous admirerez l'architecture, les outils, le tissage et la fabrication des papyrus. Ensuite je propose un départ en avion pour Louxor, demain soir.

— Déjà ! s'exclame Alphonse.

— Là-bas, il y a plein de tombes, dit Mina. J'adore.

— Tu n'es pas d'accord, Alphonse ? s'étonne sa mère.

— Je réfléchis.

— Dépêche-toi de réfléchir, car je dois réserver les places d'avion, s'impatiente M. Rosito.

Alphonse hésite. S'il s'éloigne du Caire, que deviendra Taïa ? Mais comment refuser à ses parents ce départ pour Louxor ? Mina, qui devine ses pensées, lui chuchote :

— Tu t'occuperas d'elle quand nous reviendrons.

— Bon, c'est d'accord, acquiesce Alphonse, d'un ton sinistre.

Aussitôt les branches du figuier s'agitent, une odeur sucrée et parfumée se répand dans l'air, et la voix chantonnante qui transperce le cœur dit :

— Alphonse, vas-tu me laisser souffrir encore pendant des siècles ?

— Non ! Non ! répond Alphonse à haute voix.

M. et Mme Rosito le dévisagent avec étonnement.

— Qu'est-ce qui t'arrive, mon garçon ?

— Il hallucine, explique Mina. C'est bizarre, ce pays. Moi, je vois des oranges se transformer en soleil, et mon frère, lui, entend une voix.

Alors, la voix s'adresse à la petite fille :

— Mina, c'est inutile d'empêcher ton frère de m'aider, car il m'a dit des mots d'amour.

En entendant ces paroles, Alphonse se lève précipitamment et entre dans l'hôtel. Mina le poursuit jusqu'à leur chambre et s'écrie :

— Tu lui as vraiment dit des mots d'amour ?

— Oui, je l'aime, je l'aime à la folie.

Mina est abasourdie par cette déclaration.

— Tu aimes à la folie cette créature qui ne pense qu'à elle ? Tu es certainement malade !

— Arrête de dire des sottises.

— Ce n'est pas une sottise. C'est de l'envoûtement. J'ai appris ce mot à l'école. C'est quand quelqu'un vous oblige à faire ce qu'il veut, à mentir, à tuer, à aimer une morte, par exemple.

Elle prend son frère par les épaules et le remue brutalement.

— Secoue-toi ! Défends-toi !

— Me défendre contre quoi ? contre le bonheur ?

— Mon pauvre frère ! Qu'est-ce que tu vas devenir ?

CHAPITRE II

LA MONTAGNE EN FORME DE PYRAMIDE

Resté seul, Alphonse arpente nerveusement sa chambre en cherchant une solution. Comment éviter le voyage à Louxor et rester près de Taïa ? Il faudrait un motif raisonnable pour convaincre son père de le laisser au Caire. Et son père n'est pas facile à convaincre. Soudain une image lui traverse l'esprit : Raouf ! Il se rappelle très bien son adresse, si on peut appeler cela une adresse, tant elle est bizarre. Le jeune Égyptien habite une tombe, un mausolée de marbre au milieu d'autres tombes, dans un immense cimetière nommé la Cité des morts. Peut-être saura-t-il l'aider.

Aussitôt Alphonse enfile ses sandales, descend quatre à quatre l'escalier et confie la clef de sa chambre au portier en déclarant :

— Si mes parents reviennent avant moi, qu'ils ne s'inquiètent pas. Je vais chez Raouf.

— Bien, monsieur.

— S'il vous plaît, pourriez-vous me dire où se trouve la Cité des morts ?

— Laquelle, monsieur ? Celle du nord ou celle du sud ?

— Celle… celle… qui est près de la Citadelle.

— La Cité du sud.

Le portier lui donne une carte du Caire, souligne en rouge *Cité des morts* et précise quels autobus permettent d'y accéder.

— Merci beaucoup, dit Alphonse.

— Bonne journée, monsieur.

L'autobus est bondé, et Alphonse se tient à l'extérieur, les pieds sur une marche et la main accrochée à une barre. De temps à autre il aperçoit, au milieu des voitures, un âne tirant une charrette, un chameau, un cheval qui continuent imperturbablement leur chemin, indifférents aux klaxons et aux cris.

Après la traversée du Nil sur un large pont de pierre, l'autobus s'engage dans une avenue extrêmement embouteillée où il avance plus lentement qu'un âne. Enfin il côtoie un mur délabré qui se prolonge à perte de vue et derrière lequel apparaissent des tombeaux. Alphonse saute du véhicule en marche et se dirige vers la Cité des morts qui grouille de vivants.

Car ici, les tombes modestes ou cossues, parfois décorées de dômes arrondis ou surmontées de minarets, servent de maison. Entre ces tombeaux, des centaines de baraques en bois et en brique crue sont adossées les unes contre les autres et laissent d'étroits passages où courent des enfants pieds nus et quelques chèvres nonchalantes. Dans ce dédale de ruelles poussiéreuses, Alphonse ne sait comment retrouver le marchand de fruits.

— Vous connaissez Raouf ? demande-t-il à une femme assise, qui plume une poule dans sa large jupe.

La femme dévisage le garçon d'un œil interrogateur.

— Un marchand d'oranges ! précise Alphonse.

La femme crie à la cantonade une phrase en arabe où il reconnaît le nom de Raouf.

Puis elle tend son bras vers une ruelle en répétant :

— *Inch'Allah ! Inch'Allah*[1] *!*

Alphonse remercie de la tête et suit la direction indiquée. Sur son trajet, en le voyant passer, les femmes à leur lessive, les hommes jouant aux cartes échangent des commentaires, et, de la main, le guident à travers la cité. Enfin un homme lui dit :

— Raouf ! Par là ! Par là !

En effet, Raouf est là, devant une belle tombe aménagée en maison, en train de recoudre la semelle de sa sandale. Il sourit en apercevant le jeune Français.

— Bonjour, Alphonse ! Ta sœur, l'as-tu retrouvée ?

— Oui.

— Une orange aussi bizarre, je n'en ai jamais vu.

— Très bizarre, elle a conduit ma sœur…

Alphonse jette des regards inquiets autour de lui, s'assied à côté de Raouf, et lui raconte à voix basse la rencontre avec l'âme errante.

_____

1. « Si Allah le veut. » Allah est le mot arabe pour désigner Dieu. Allah est le dieu unique des musulmans.

Raouf ne paraît guère troublé par ce surprenant récit. Il se contente de sourire en concluant :

— Au Caire, il se passe des histoires merveilleuses, comme dans les contes des *Mille et Une Nuits* [1].

1. De nombreux contes des *Mille et Une Nuits* se passent à Bagdad au IXe siècle. Mais d'autres ont été inventés en Égypte, à l'époque Fatimide (909-1171).

— Il faut que tu m'aides. Je cherche un moyen pour rester ici, près de Taïa, pendant que mes parents vont à Louxor.

— Habite chez nous, si tu veux.

Dans le mausolée[1], Alphonse voit posés sur le sol des matelas, des assiettes, un service à thé, une cuvette, deux vieux coffres remplis d'habits, et une cuisinière à gaz flambant neuve.

« Il n'y a guère de place pour quelqu'un d'autre », songe-t-il.

Puis il dit à haute voix :

— Je te remercie beaucoup, mais je peux continuer à dormir à l'hôtel. Ce dont j'ai besoin, c'est d'une occupation pour rester au Caire, d'un petit travail. Quelque chose qui pourra convaincre mes parents de me laisser tout seul…

Raouf réfléchit un long moment, puis un large sourire s'épanouit sur son visage.

— Mohamed, un ami d'un ami de mon oncle, travaille dans les fouilles. Près des pyramides. Il parle un peu français. Peut-être il pourra t'aider. Allons-y.

1. Un mausolée est un grand tombeau.

Le jour même, en fin d'après-midi, Mohamed et Raouf prennent le thé avec la famille Rosito, à l'*Hôtel du Bon Touriste*. Le père est enchanté :

— Alphonse, je te félicite pour ton initiative. Vouloir faire un stage d'archéologie est une excellente idée.

Mohamed agite ses mains :

— Pas archéologue, monsieur. Alphonse transportera sable et cailloux avec moi.

— C'est parfait, déclare M. Rosito. Il n'est jamais trop tôt pour apprendre à travailler. Ainsi, il découvrira la vie réelle des Égyptiens.

Mme Rosito soupire :

— J'aurais quand même préféré qu'il vienne avec nous. C'est dommage que ce petit ne découvre pas Louxor. Monsieur Mohamed, vous veillerez à ce qu'il ait toujours un chapeau sur la tête et le surveillerez bien. Il est si jeune !

Mohamed incline la tête.

— Tout ira bien. Je passerai à l'hôtel, le matin, et ramènerai votre fils le soir.

Puis il se lève et s'incline :

— Je dois partir. Qu'Allah vous garde !

— Merci encore d'accepter de vous occuper d'Alphonse, dit M. Rosito.

Pendant que ses parents raccompagnent Mohamed à la station d'autobus, Mina s'approche de son frère.

— Je vais m'ennuyer à Louxor sans toi. Tous les jours Papa va me demander de citer les pharaons, les dieux, leurs animaux, cela va être épuisant. Sans compter qu'ils portent souvent les mêmes emblèmes : un soleil, des cornes de vache, un serpent, c'est un vrai casse-tête.

Devant le silence de son frère, elle s'impatiente :

— Dis quelque chose.

— Je pense à Taïa. J'ai peur d'être incapable de retrouver sa momie. De ne pas savoir l'aider.

— C'est de ta faute, aussi. Tu n'avais qu'à refuser.

— C'est plus fort que moi. Je ne supporte pas de la savoir malheureuse. Quand je suis avec elle, je… je… je deviens léger, léger, comme une bulle, le bonheur me soulève…

— Ton cas est très grave, interrompt Mina. Je ferais mieux d'en parler aux parents.

Alphonse déclare avec fureur :

— Si tu fais cela, je ne te parlerai plus jamais, je refuserai de te voir, tu seras mon ennemie pour toute la vie !

Mina le dévisage un moment, d'un air effrayé, avant de répondre :

— Je ne dirai rien : je te le promets.

Elle lui donne un petit baiser sur la joue.

— Demande son téléphone portable à Maman, et appelle si tu es en danger. Je vais me faire un souci d'enfer en te laissant avec cette morte !

La nuit tombe sur le désert et Alphonse suit des yeux dans le ciel l'avion qui emmène sa famille vers Louxor. Impatient de retrouver l'âme errante, il presse son pied sur le cou du chameau.

— Taïa ! Princesse Taïa ! Je suis là, c'est moi, Alphonse !

Le garçon tend l'oreille, mais n'entend que le bruissement du sable qu'un léger vent soulève.

— Taïa ! Princesse ! Réponds-moi !

Alphonse s'égosille en vain. Il a beau se déplacer pour trouver l'endroit où l'air est le plus immobile, aucune voix ne vient répondre à ses appels. Et la tristesse lentement envahit son cœur. La princesse l'a-t-elle abandonné ? Est-elle fâchée contre lui ? Le croit-elle incapable de la secourir ? Tout son corps se couvre d'une sueur froide.

— Taïa ! Où es-tu ? Ne t'inquiète pas, je serai capable de retrouver ta momie !

Il se sent brusquement très seul. Un petit nuage voile la lune, le désert s'obscurcit et les trois pyramides du haut de leurs masses noires le surveillent d'un air menaçant. Alphonse a bien envie de retrouver l'hôtel, la lumière, sa chambre, mais il ne peut s'empêcher d'attendre et d'espérer. Il s'assied contre le dos du chameau à la chaleur réconfortante.

— Me voilà ! dit enfin la voix qui transperce le cœur.

Alphonse se frotte les yeux. À ses pieds se tient un étrange oiseau de belle taille. Ses pattes se terminent par des mains humaines, et sa tête a une figure de femme. Une jolie figure fine, avec des yeux verts fardés de khôl, une bouche gourmande, un nez légèrement busqué, et de minuscules boucles aux oreilles [1].

1. Le *ba*, ce que nous appelons l'âme, est représenté chez les Égyptiens comme une âme-oiseau à tête humaine dont les pattes se terminent par des mains. Ce *ba* peut quitter le corps et y revenir.

Alphonse fronce les sourcils de déception.

— Tu n'es qu'un oiseau ? Tu n'es pas une princesse ?

— Toi, tu es borné comme une oie du Nil. C'est mon âme qui prend la forme d'un oiseau. Toutes les âmes font pareil. J'avais peur que tu ne m'aies point attendue. C'est la faute du Soleil si je suis en retard. Je suis allée voir le dieu Rê pour lui demander conseil, mais je suis arrivée au mauvais moment : c'était l'heure où il se bat avec le serpent Apopi pour quitter sa barque de jour et monter dans sa barque de nuit. Ce combat prend un temps fou et, ensuite, le dieu est fatigué. Enfin, le soleil a bien voulu m'écouter. Je lui ai expliqué que tu m'aimais, que tu voulais m'aider, mais que tu avais besoin de ses conseils pour retrouver mon corps. Car tu ne vas pas fouiller toute la terre d'Égypte. Cela prendrait trop de temps.

— Je te remercie, bafouille Alphonse, ahuri par ce discours.

— Tu es gentil comme un petit singe ! dit l'âme-oiseau d'un ton attendri. Demain, le soleil me dira où se trouve ma momie et nous irons la chercher.

La tête humaine de l'oiseau jette sur Alphonse, à travers ses longs cils, un regard pénétrant et s'étonne :

— Je te sens troublé. Que se passe-t-il ?

— Rien, rien, reprend Alphonse sans conviction.

Cependant il demande :

— Pourquoi apparais-tu seulement maintenant comme un oiseau ?

— Alphonse ! Tu ne m'aimes plus ! s'affole Taïa.

— Si, si.

— Veux-tu qu'on m'enferme, qu'on se moque de moi, qu'on me tue ?

— Non, non.

— Tu devrais comprendre que je ne peux pas montrer mon âme à n'importe qui. Les hommes sont si cruels ! Par curiosité ils m'attraperaient, et par méchanceté ils me feraient mourir. En quatre mille ans, je n'ai rencontré que toi qui saches me comprendre et m'aimer.

Alphonse, devant un tel compliment, retrouve le sourire.

— Maintenant répète mon nom, demande l'âme.

— Taïa. Princesse Taïa.

L'âme-oiseau ferme les paupières de bonheur et murmure :

— Tant qu'on répète mon nom, je reste vivante.

Après sa première journée de travail, passée à transporter des sacs de sable et de terre, Alphonse, épuisé, se jette sur son lit. Ses bras et ses jambes sont courbaturés. Il a un peu de fièvre. Avant même d'aller dîner, il s'endort.

La nuit est tombée depuis longtemps déjà, lorsque l'oiseau à tête humaine entre par la fenêtre.

— Alphonse ! Alphonse ! Réveille-toi. Nous avons un grand chemin à parcourir.

— *Huuuuuuum !* grommelle Alphonse. J'ai sommeil. Nous irons demain.

Taïa s'indigne :

— Pour une vague envie de dormir, tu renonces à me donner la vie éternelle ! Que le crocodile t'attrape, que le Nil t'engloutisse, que le serpent t'étouffe !

Alphonse, réveillé par tant de menaces, se lève et, confus, demande pardon :

— Excuse-moi. Je n'ai pas l'habitude d'un travail si dur et dans le désert. Tu ne m'en veux pas ?

— Non, mais viens vite.

— Que dois-je faire ?

— T'accrocher à mes pattes.

Et comme le garçon la regarde d'un air stupéfait, Taïa ajoute :

— Le temps presse, dépêche-toi.

— Où allons-nous ?

— À la montagne en forme de pyramide.

— Ce sera long ?

— Pas du tout.

— Attends un moment. Je vais laisser à l'accueil un mot pour Raouf.

Sur une feuille de papier, il écrit : « *Raouf, je suis parti pour la montagne en forme de pyramide chercher la momie de la princesse. Ne t'inquiète pas. Je reviens bientôt. Alphonse.* »

Alphonse est émerveillé : à ses pieds défilent les dernières habitations de la capitale, l'immense désert, la mer Rouge dans le lointain, et le Nil entouré de champs étroits et de petits villages. Au-dessus du fleuve, Taïa s'amuse à voler au ras de l'eau pour effrayer les oiseaux assoupis.

Être ainsi suspendu aux pattes de l'âme-oiseau n'est pas très confortable, mais Alphonse se sent ivre de bonheur. Voler, comme dans les livres d'aventures ! Voler avec la princesse qui fait frissonner tout son corps de joie ! Jamais il n'avait cru un tel bonheur possible.

Mais le bonheur ne remplace pas le sommeil. Alphonse a le plus grand mal à lutter contre l'envie de dormir. Ses paupières se ferment malgré lui, son cerveau s'emplit de brouillard. En vain il bouge la tête en tous sens pour sortir de sa léthargie. À nouveau ses paupières retombent et le brouillard revient

embrumer son esprit. Alphonse finit par s'endormir sans s'en apercevoir. Ses mains lâchent les pattes de l'âme-oiseau, il tombe dans le fleuve. Canards et ibis s'éloignent avec de grands bruissements d'ailes et des cris d'effroi. Brusquement réveillé par l'eau froide, Alphonse entend le léger rire de l'âme :

— Que tu es maladroit ! Que je m'amuse ! Je ne me suis pas tant amusée depuis que j'ai dansé sur un hippopotame. Tu sais nager au moins ? En Égypte, de mon temps, tout le monde savait nager dans le Nil. Nous jouions…

— Vers quelle rive dois-je me diriger ? interrompt Alphonse.

— Celle des morts, bien sûr. As-tu oublié que nous allons chercher ma momie ? Tu n'as pas beaucoup de mémoire !

Et l'âme-oiseau se dirige vers l'ouest, là où le soleil se couche, là où les humains s'endorment pour l'éternité.

L'aube blanchit. Alphonse rejoint la rive.

— En face se trouve Louxor, explique Taïa.

— Louxor ? s'étonne Alphonse. Là où sont mes parents et Mina ?

— Ce n'est pas eux que nous sommes venus voir, répond Taïa d'un ton agacé. Ici se dresse la montagne qui a la forme d'une pyramide et monte vers le soleil. Nous éviterons la Vallée des Rois et celle des Reines, et passerons plus au sud. Personne ne doit voir mon âme voler.

En fin d'après-midi, à Louxor, dans le jardin de l'hôtel, Mina feuillette négligemment un guide sur la Vallée des Rois, lorsque le portier s'approche d'elle.

— On vous demande au téléphone, mademoiselle.

— Moi ?

— Oui. Vous. Vous êtes bien mademoiselle Rosito ?

Mina se précipite :

— Allô ?…

— C'est Raouf.

— Que se passe-t-il ?

— Alphonse a disparu. Nous sommes très inquiets. Il a laissé un mot pour dire qu'il partait chercher la momie de la princesse.

— Tu sais où elle est cachée ?

— Dans la montagne en forme de pyramide mais je ne sais pas où elle se trouve.

— Je le sais, moi ! C'est dans le guide de Louxor ! C'est juste au-dessus de la Vallée des Rois. Une sorte de pyramide naturelle, qui, comme toutes les pyramides et les obélisques, se dresse vers le soleil. Voilà ce qui est écrit dans le guide.

— Alors cette montagne est à Louxor ?

— Je viens de te le dire. Tu peux venir me rejoindre ?

— Oui. Je prendrai le train. J'aiderai Alphonse à entretenir la momie. Il ne connaît rien aux anciennes coutumes.

— Retrouvons-nous demain devant le temple de Karnak, à dix heures. Et arrange-toi pour rassurer Mohamed. Je ne veux pas qu'il inquiète mes parents. D'accord ?

— *Inch'Allah.*

Mina raccroche le téléphone et se plonge dans ses pensées. Faut-il prévenir ses parents de la disparition d'Alphonse ? Ils avertiront certainement la police, l'ambassade, les journalistes, et tout deviendra affreusement compliqué. Mieux vaut attendre encore une journée et démêler cette affaire avec Raouf.

Puis elle appelle son frère sur le portable de sa mère, mais personne ne répond.

« En ce moment il oublie vraiment tout ! » songe-t-elle.

— Mina ! Nous voilà ! s'exclame M. Rosito.

— Nous avons acheté un papyrus pour Alphonse. Crois-tu qu'il lui plaira ? demande sa mère.

M. Rosito déploie un papyrus représentant une danse de jeunes filles au temps des pharaons. Mina y jette un coup d'œil indifférent.

— Tu ne trouves pas cela joli ? s'inquiète Mme Rosito.

— Si, si, très joli, Maman. Simplement, j'ai mal à la tête.

— On m'a dit à la réception qu'il y avait eu un coup de téléphone pour toi.

— C'était Raouf. Tout va bien. Alphonse était juste furieux parce que j'ai emporté son T-shirt bleu avec la guitare rouge.

— Il aurait pu téléphoner lui-même, remarque la mère. Je vais l'appeler sur le portable.

— C'est inutile. J'ai essayé et personne ne répond. J'ai faim, déclare Mina pour changer de sujet de conversation. Qu'est-ce qu'il y a pour dîner ?

Alphonse explore la montagne en forme de pyramide. Attentif à la moindre aspérité du terrain, il sonde les trous, se faufile entre les rochers, fouille les accumulations de cailloux susceptibles de dissimuler une cachette ou une tombe. Mais rien ne lui paraît intéressant. Il quitte le versant donnant sur la vallée du Nil et s'aventure sur le côté ouest où le désert s'étend jusqu'à l'horizon.

Le jour s'achève et le ciel s'embrase de couleurs de feu lorsque Alphonse, en faisant rouler une grosse pierre, découvre un trou dans la montagne.

— C'est ici ! s'exclame-t-il, triomphant.

Aussitôt surgit un chacal qui glapit furieusement et se tourne vers l'âme-oiseau.

— Que viens-tu faire ici, âme ?

— Je viens chercher mon corps pour vivre éternellement. Le dieu Rê a eu pitié de mon errance et m'a indiqué qu'il se trouvait dans cette montagne.

— La parole de Rê est sagesse et bonté. Tu pourras trouver ici ce que tu désires car, en cette caverne, sont cachées les momies que les malfaiteurs volaient et dépouillaient. Le

dieu Rê m'en a donné la garde, pour aider les âmes errantes qu'il souhaite soulager. Mais attention : tu ne pourras retrouver ton corps que lorsque les rayons du soleil illumineront la grotte. Tu devras faire vite, car le Soleil n'accorde qu'une seule fois la chance de retrouver son corps. Après, il referme à jamais la cachette des momies.

Le chacal glapit, bondit et disparaît dans la nuit qui tombe brusquement.

En guettant le retour du soleil, Alphonse trouve le temps terriblement long. La soif, la faim, le sommeil, l'impatience, l'incertitude du succès de l'entreprise rendent l'attente douloureuse. Seule la voix incomparable de Taïa lui redonne un peu de gaieté.

Tandis que le soleil accomplit sa course, le garçon et l'âme-oiseau se tiennent à l'entrée de la grotte, prêts à y pénétrer. Pourtant, lorsque les rayons de lumière éclairent brusquement la caverne, Alphonse a un mouvement de recul. Devant lui, dans une profonde cavité, des centaines de momies sont rassemblées. Les unes sont encore entourées de bandelettes, certaines ont leur portrait sur la poitrine, d'autres sont celles d'animaux. Les plus angoissantes sont les momies nues et noires, qui le dévisagent avec une fixité effrayante.

Alphonse pénètre lentement dans la caverne dont l'odeur acre et lourde donne la nausée. Devant lui, l'âme de Taïa batifole joyeusement et s'écrie :

— Regarde, Alphonse, voilà ma sœur. Une véritable peste, affreusement jalouse, qui me jouait sans cesse de mauvais tours. Et ici, le chambellan [1] de mon père, un homme délicieux, qui me récitait tous les matins un poème d'amour. Je m'en souviens encore : *Taïa, sans l'éclat de tes yeux je serais un bateau à la dérive, sans la douceur de ta voix, un poisson desséché sur les rives du Nil, sans...*

— Dépêche-toi plutôt de trouver ta momie. Le soleil va disparaître, s'impatiente Alphonse.

— Oui, oui, tu as raison ! Sur ce crocodile, il y a mon petit singe ! Quelle chance ! Il était très intelligent, tu sais. Et il adorait danser avec moi. Sauf sur l'hippopotame, qui lui faisait peur. Et là-bas, cette momie ressemble à mon frère. Non, ce n'est pas lui. Il disait que quand notre père mourrait, il deviendrait pharaon et m'épouserait [2]. Si je n'étais pas morte, j'aurais pu devenir reine. Un jour...

Tandis que Taïa bavarde sur l'ancien temps, Alphonse cherche à reconnaître la momie de la princesse ! Mais comment ? Il est

1. Chambellan : personnage important chargé de servir dans la chambre du roi.
2. Dans l'Égypte antique, il était fréquent que les pharaons épousent leur sœur.

incapable de lire les hiéroglyphes qui précisent les noms. Il s'alarme :

— Princesse, je t'en prie, tais-toi et trouve vite ton corps.

Soudain l'odeur familière, reconnaissable entre toutes, cette odeur sucrée et parfumée, l'attire vers une jeune momie aux cheveux brun-roux. Le visage est intact, presque vivant, et Alphonse est envahi par une grande émotion.

— Est-ce toi, là ? demande-t-il.

— Par Osiris, c'est moi !

En un instant l'oiseau à tête humaine pénètre dans la momie. Au même moment, la lumière du soleil quitte la caverne où tout se confond dans l'obscurité.

Alphonse prend dans ses bras le corps embaumé, très délicatement, de peur de le casser. Il avance à tout petits pas afin que son fardeau, si léger, si fragile, ne se brise pas au premier faux mouvement.

Parfois il tremble d'effroi lorsque craquent sous ses pieds un crâne, un bras, une jambe. Alors il reste immobile, ne sachant plus où se diriger dans l'ombre. Puis il repart au hasard. Soudain il trébuche sur une momie entourée de bandelettes et tombe sur ses genoux. Heureusement, Taïa n'a pas quitté ses bras, mais Alphonse a eu très peur. Plutôt que de continuer son chemin dans une si périlleuse obscurité, il décide d'attendre que la lune se lève pour bénéficier de sa lumière.

Quelques heures plus tard, Alphonse réussit enfin à sortir de la grotte. Aussitôt un grand éboulement se fait entendre derrière lui. Il se retourne. La caverne, gardée secrète par le dieu Soleil, a disparu derrière un amoncellement de rochers et de cailloux.

Épuisé d'émotion, Alphonse dépose doucement Taïa sur le sol, puis s'allonge à côté d'elle. Les images de momies surgissent sans cesse dans son esprit, émouvantes et sinistres, présences muettes de la mort.

La voix qui transperce le cœur le tire de ses sombres rêveries :

— J'ai été un peu trop bavarde dans cette caverne. Heureusement que tu étais là, Alphonse. Je te remercie. Dis mon nom, s'il te plaît.

— Taïa, je suis très content que tu aies retrouvé ton corps et que tu puisses entrer dans le royaume d'Osiris.

Et les larmes aux yeux il ajoute :

— Tu me manqueras beaucoup. Demain je t'enterrerai.

— C'est impossible !

— Impossible ? Mais pourquoi ?

— Je te l'expliquerai quand tu auras dormi. On n'écoute pas une princesse en bâillant sans arrêt.

Alphonse, trop fatigué pour être curieux, se laisse emporter par le sommeil.

CHAPITRE III

TAÏA N'EN FAIT QU'À SA TÊTE

— Réveille-toi ! J'ai mal !

Alphonse ouvre brusquement les yeux et se retrouve avec étonnement en haut d'une montagne aride, à côté d'une momie qui répète :

— J'ai mal au soleil, ma peau va craquer de sécheresse ! Alphonse, dépose-moi à l'ombre.

Alphonse a beau chercher autour de lui, il ne voit pas la moindre grotte, pas le moindre arbrisseau, pas la moindre anfractuosité où déposer Taïa. Il examine le désert, le soleil, la momie, le désert à nouveau et ne sait que faire lorsqu'il entend :

— Alphonse !

— Alphonse, où es-tu ?

Le garçon reconnaît les voix familières et s'empresse de répondre :

— Je suis là ! Venez vite !

Mina apparaît la première, un grand sac sur le dos, et jette sur Taïa un regard consterné :

— C'est Taïa, celle-là ! Comme elle est maigre ! Ils se nourrissaient mal, les Égyptiens, au temps des pharaons !

— Elle est desséchée, c'est tout, explique Alphonse. Elle a perdu toute l'eau de son corps. Tu n'as pas encore appris à l'école que le corps contient soixante-quinze pour cent d'eau ?

— En tout cas, elle n'est pas belle.

— Ta sœur est d'une insolence peu supportable, s'énerve Taïa.

Mina s'incline devant la momie :

— Taïa, je m'excuse, mais j'oublie en voyant ton squelette que tu es une princesse.

— Mina, je t'interdis de parler comme ça à la fille de Pharaon ! s'exclame Alphonse.

— D'accord, d'accord, je ne dirai plus rien.

Raouf apparaît à son tour, une longue et mince planche sous le bras.

— Ah ! La voilà ! dit-il en découvrant la momie.

Puis l'examinant de près, il conclut :

— Taïa a été très belle. Ses cheveux sont encore brun-roux. Son nez et ses sourcils sont très beaux.

— Ils étaient aussi noirs que cela, les Égyptiens ? demande Mina.

— Non, répond Taïa, agacée. Au contraire. J'avais la peau très claire. C'est la résine qu'on met sur notre corps, pendant la momification, qui noircit avec le temps. D'ailleurs le noir est la couleur de la renaissance.

— Ils ne font rien comme tout le monde, constate Mina. Alphonse, c'est grâce à moi qu'on t'a retrouvé : j'avais lu le guide de Louxor. On y parle de la montagne en forme de pyramide. Et Raouf a apporté des bandelettes.

Mina défait son sac et sort une quantité de bandes soigneusement roulées.

— On va d'abord installer Taïa sur cette planche, déclare Raouf.

— Où m'emmènerez-vous ? s'inquiète la princesse.

— Au musée, dit Raouf. Ta momie appartient à l'État égyptien.

— Raouf espère que, pour le remercier, un ministre lui donnera une bourse. Il vou-

drait faire des études pour devenir archéologue, explique Mina.

L'âme sort brusquement du corps momifié sous la forme de l'oiseau dont la tête
humaine exprime une grande colère.

— Par Osiris, vous ne pensez plus à moi !

— Ah, tu trouves ! s'exclame Mina indi-
gnée. Et pour qui sommes-nous là, sur cette
montagne pelée ?

Alphonse sourit à l'âme-oiseau.

— Que devons-nous faire pour que tu
sois contente ?

— M'amener jusqu'à ma tombe.

Un silence accablé suit cette déclaration. Chacun imagine toutes les complications d'une telle entreprise.

— C'est un caprice ! conclut Mina. Taïa possède maintenant un corps pour son âme, elle doit être satisfaite.

Taïa prend sa voix la plus émouvante.

— Alphonse ! Toi qui m'aimes, écoute-moi. Pour que je puisse aller dans le royaume d'Osiris, il faut pratiquer sur ma momie la cérémonie de l'ouverture de la bouche. C'est elle qui donne la vie pour le monde éternel. C'est seulement après ce rite que je pourrai rejoindre Osiris. Et ce rite ne peut s'accomplir qu'en haut de ma sépulture.

— Pourtant, constate Mina, il y a des tas de momies qui ont été enfouies simplement dans le sable et se sont desséchées toutes seules sans aucune cérémonie.

Taïa prend un ton outré :

— Je ne suis pas n'importe quelle momie ! Je suis de la famille de Pharaon, qui est dieu sur Terre, fils du dieu Rê. Le Soleil pourrait s'offenser si vous me traitiez mal. Il pourrait renoncer à éclairer la terre.

— Écoute, Taïa, dit Raouf gentiment, essaie de nous comprendre. Si on nous découvre avec une momie, nous serons accusés de vol d'objet d'art et je ne serai jamais archéologue.

L'âme-oiseau se pose devant Alphonse et le fixe d'un air suppliant. Le garçon, hypnotisé par ce regard, demande après un long silence :

— Tu connais l'emplacement de ta tombe, Taïa ?

— Oui. Sous la pyramide de mon père, le pharaon Ounas[1], dans la nécropole de Saqqara[2].

Alphonse se tourne alors vers sa sœur et son ami.

— Cela ne prendra pas beaucoup de temps.

Et devant l'air buté de ses interlocuteurs, il insiste :

1. Le pharaon Ounas est le dernier roi de la Ve dynastie (2510-2460 av. J.-C.) sous l'Ancien Empire.
2. Saqqara est le centre de la nécropole de Memphis, la capitale de l'Ancien Empire. Elle se trouve à une vingtaine de kilomètres au sud du Caire, sur la rive gauche du Nil.

— Un jour ou deux, peut-être trois, rien en comparaison de la vie éternelle…

Mina fait une moue dubitative :

— Tu y crois, toi, à cette cérémonie d'ouverture de la bouche ? Je pense que la princesse se moque de nous.

— Dans tous les cas il faut l'entourer de bandelettes, intervient Raouf, sinon la momie va partir en morceaux.

Raouf et Mina, qui prend soin de copier tous les gestes de son ami, saisissent chacun une bande de tissu, avec laquelle ils entourent un pied et remontent progressivement vers la jambe, le buste, le cou, un bras et une main. Puis reprenant deux autres bandes, ils enroulent l'épaule de tissu jusqu'à la plante des pieds. Enfin Raouf enserre le crâne, afin de maintenir le menton, en laissant le visage de Taïa visible.

— Je trouverai un foulard pour protéger sa figure, dit Mina. Un foulard décoré d'une pyramide ira très bien.

— Pas du tout, une pyramide, c'est la tombe d'un autre, déclare Alphonse. Choisis plutôt l'image d'un dieu ou d'une déesse qui la protégera pendant le voyage pour l'éternité.

— J'ai besoin aussi d'amulettes, insiste Taïa.

— Et d'un masque en or, peut-être ! ironise Mina.

— Du calme, dit Raouf qui sent les esprits s'échauffer.

Il fait un signe à Alphonse et, délicatement, tous deux portent la momie et l'allongent sur la planche.

— Rentre dans ton corps, dit Raouf à l'âme-oiseau. Il nous faut atteindre la nécropole de Saqqara sans que personne t'aperçoive.

— Comment irons-nous là-bas ? s'inquiète Alphonse.

— Un cousin d'un ami de mon père possède une felouque à Louxor pour promener les voyageurs. Nous lui demanderons s'il peut nous emmener vers le nord.

— Et moi ? demande Mina.

— Toi, tu restes avec tes parents et tu reviendras avec eux.

La petite fille est déçue.

— Mina, lui dit gentiment Alphonse, quelqu'un doit rester auprès des parents. S'ils ne te voient pas pour le dîner ils vont s'inquiéter.

— D'accord. Mais cette fois n'oublie pas d'emporter le téléphone. J'ai pris celui de Papa au cas où nous en aurions besoin. Je vais les appeler pour prévenir que je serai en retard.

Trois jours plus tard, la felouque accoste de nuit sur la rive gauche du Nil, à la hauteur de Saqqara. Profitant de la clarté des étoiles, le cousin matelot et Raouf fabriquent avec quelques planches grossières une caisse dans laquelle ils installent la momie. L'âme-oiseau s'évade aussitôt du corps.

— Je vais vous conduire jusqu'à ma tombe, dit-elle.

— Je vous attendrai ici, déclare le cousin matelot, et vous emmènerai au Caire en felouque demain matin.

Raouf et Alphonse portent la momie dans sa caisse de bois, l'un devant, l'autre derrière. Ils traversent le port endormi et s'engagent dans le désert. Ils avancent lentement tandis que l'âme-oiseau virevolte autour d'eux, parlant sans cesse.

— Après ma mort, tant que mon père, le pharaon Ounas, est resté vivant, mon âme allait le voir tous les jours. Je rentrais dans sa chambre, par la fenêtre pendant la nuit, lorsqu'il était seul, et nous discutions longtemps. Nous nous aimions tellement ! Le roi faisait rechercher partout ma momie pour que nous puissions nous retrouver dans le royaume d'Osiris. À sa mort, j'ai failli dépérir de chagrin lorsqu'on l'a enfermé dans ses trois sarcophages.

De temps à autre, les deux garçons s'arrêtent, posent leur chargement, s'étirent pour soulager leurs courbatures. Puis ils repartent, épuisés par tant d'efforts et d'émotion. Même Alphonse a du mal à écouter les discours de la princesse.

Enfin ils se rapprochent de la pyramide à degrés du roi Djoser[1] qui domine la nécropole de Saqqara. À l'intérieur de la nécropole, ils avancent parmi les ruines, entre des fragments de murs, des portiques, un tronçon de colonnades et une moitié de mastaba[2], dispersés au milieu des cailloux.

1. IIIe dynastie. 2700-2625 av. J.-C.
2. Tombeau de l'Ancien Empire réservé aux personnages importants. Il comprend un caveau enfoui dans la terre au fond d'un puits, et une partie rectangulaire ayant plus ou moins la forme d'une banquette (*mastaba* en arabe veut dire banquette).

— C'est par ici ! déclare l'âme-oiseau en se dirigeant vers une pyramide effondrée, réduite à l'état d'un énorme tas de cailloux et de sable.

Raouf regarde les étoiles qui commencent à s'éteindre dans le ciel.

— Nous n'avons pas le temps de t'installer dans ta tombe. Le jour va se lever et les ouvriers des fouilles vont arriver. Nous allons te cacher momentanément un peu plus loin.

Hors de l'enceinte de l'antique cimetière, les garçons dissimulent le cercueil avec des pierres, des cailloux et du sable. L'âme-oiseau volette, énervée, autour de son corps.

— Sois calme, Taïa, nous reviendrons t'enterrer ce soir, dit Raouf.

— Moi, je reste, décide Alphonse. Je surveillerai la momie et bavarderai avec Taïa.

Raouf regarde son ami avec inquiétude.

— Tu auras faim. Tu auras soif. Viens avec moi. La momie ne risque rien. Personne ne viendra errer hors de l'enceinte.

— Je préfère rester avec la princesse avant que nous soyons séparés pour toujours. Je veux sentir son odeur et entendre sa voix le plus longtemps possible.

— Qu'Allah te garde, dit Raouf d'un ton résigné.

Le lendemain, en fin de matinée, Raouf se dirige avec inquiétude vers l'*Hôtel du Bon Touriste*. La famille Rosito devait arriver le matin même de Louxor, et il craint que le responsable de l'hôtel n'ait informé les parents de l'absence d'Alphonse depuis quelques jours.

C'est Mina qui l'accueille sur la terrasse en buvant son jus d'orange.

— Heureusement, te voilà ! J'ai expliqué aux parents qu'Alphonse dormait sans doute chez Mohamed. Alors, ne dis pas le contraire. Mais pourquoi n'est-il pas avec toi ?

— Il est resté avec Taïa.

— Dans son tombeau ?

— Non. Nous n'avons pas eu le temps de l'enterrer. En attendant, ton frère ne veut pas la quitter.

Mina s'alarme :

— Elle est capable de le faire mourir pour l'emmener avec elle au royaume d'Osiris, piquée comme elle est. Il faut trouver un moyen de l'arracher à cette morte.

Tous deux réfléchissent en silence.

— J'ai une idée, déclare enfin Raouf. J'irai voir le directeur du musée. Je lui parlerai de Taïa. Comme cela il enverra des archéologues chercher la momie. Ainsi ton frère et la princesse seront enfin séparés.

— J'espère que cela suffira à désenvoûter Alphonse.

Une heure plus tard Raouf déambule devant le musée du Caire sans oser entrer. Il ne cesse de tirailler sa djellaba et se répète le discours qu'il veut prononcer, en le modifiant sans cesse. Enfin il se décide et demande au portier :

— Je voudrais parler à M. le directeur.

— Tu as un rendez-vous ?

— Non, mais c'est très important et très urgent.

— Comment t'appelles-tu ?

— Raouf Saada.

Le portier le dévisage un instant puis s'éloigne et disparaît derrière une porte. Après un moment qui paraît à Raouf infiniment long, il revient :

— M. le directeur est très occupé, mais il te recevra cinq minutes dès qu'il sera libre. Suis-moi.

Raouf s'installe dans une petite salle meublée d'un sofa, d'un tapis et d'une table basse. Il s'assied par terre en tailleur et réfléchit encore une fois à ce qu'il va dire. M. le directeur croira-t-il ses explications sur la momie ou bien le prendra-t-il pour un halluciné ?

Dès qu'il entend du bruit dans le bureau d'à côté, il se lève, réajuste sa djellaba et prépare un sourire de circonstance. C'est alors que le double de Taïa se dresse devant lui, longue silhouette noire aux bras écartés en équerre. Il ordonne :

— Raouf, sois incapable de parler et de trahir !

Puis il disparaît aussi vite qu'il était venu. La porte s'ouvre. Un homme rondouillard et affable tend la main au visiteur.

— Bonjour, mon garçon. Viens vite me raconter cette affaire importante et urgente.

Raouf dévisage le directeur sans pouvoir ouvrir la bouche.

— Eh bien, mon garçon, je t'écoute.

Mais le garçon se tient raide, immobile, comme figé, ses yeux s'embuent lentement de larmes.

— Tu es devenu muet, brusquement. Je te fais peur ?

Raouf ne bouge toujours pas. Le directeur se lève :

— Écoute, reviens me voir quand tu auras retrouvé la parole, ou bien écris-moi.

Il ouvre la porte. Raouf sort dignement, passe devant le portier et se dirige vers la sortie.

— Il vous a parlé, à vous ? demande le directeur, intrigué.

— Bien sûr, répond le portier.

— À moi, pas ! S'il revient, prévenez-moi. Je suis curieux de comprendre la bizarrerie de ce comportement.

Mina fait les cent pas devant l'hôtel, en attendant Raouf. Les autobus se succèdent, les gens descendent mais le jeune Égyptien n'arrive pas. Enfin, elle aperçoit son visage chaleureux et crie :

— Alors, qu'est-ce que t'a dit le directeur ?

— Je n'ai pas pu parler, avoue Raouf, et il raconte l'apparition du double de la princesse et son interdiction de proférer une parole.

Mina soupire :

— Taïa était un peu bizarre, mais maintenant elle se révèle dangereuse. Tu es bien certain que nous aurons le temps de l'enterrer cette nuit ? Sinon Alphonse est capable de rester avec elle en oubliant que nous prenons l'avion demain pour la France.

— Bon, à ce soir. Je vais me renseigner sur la cérémonie de l'ouverture de la bouche. Toi aussi, renseigne-toi.

— Bonjour, les enfants ! Où est Alphonse ? clame soudain Mme Rosito, penchée à la fenêtre de sa chambre.

Et devant l'absence de réponse, elle ajoute :

— Je descends tout de suite.

Raouf regarde Mina qui, immobile comme une statue, réfléchit profondément à ce qu'elle va dire, lorsque, un grand cri s'élève dans l'hôtel. Les deux enfants se précipitent. Au pied de l'escalier, assise par terre, Mme Rosito gémit :

— Aïe ! Aïaïaïe ! Que je souffre !

— Que s'est-il passé ? demande M. Rosito.

— J'ai glissé.

— Comment as-tu fait ?

Mme Rosito ouvre de grands yeux effarés :

— J'ai vu une femme, toute noire, les bras en équerre, qui m'a dit en me regardant fixement de ses yeux brillants : « Glisse, tombe et fais-toi mal. » Je me suis certainement cassé une jambe. Aïaïaïe !

— Tu as cru voir une momie, explique en riant M. Rosito. Nous avons trop visité de tombes à Louxor et cela t'a impressionnée. Je vais appeler une ambulance. Ce n'est vraiment pas de chance. Je dois absolument rentrer en France demain.

— Si Maman s'est cassé la jambe, nous resterons, Alphonse et moi, pour nous occuper d'elle, s'empresse de dire Mina. Manquer quelques jours de classe, ce n'est pas grave. Nous rattraperons les devoirs en rentrant.

Puis à voix basse elle dit à Raouf :

— Maintenant qu'elle a un corps, elle se croit tout permis, cette Taïa. Je n'apprécie pas du tout sa façon de se mêler de nos affaires.

— Le plus grave, c'est que maintenant elle se méfie de nous deux. Je m'inquiète de ce qu'elle va inventer pour Alphonse.

L'ambulance s'arrête devant l'*Hôtel du Bon Touriste*. Trois infirmiers apportent un brancard et installent Mme Rosito qui grimace de douleur.

— Où est Alphonse ? demande M. Rosito.

Mina rougit jusqu'aux oreilles en répondant :

— Il est avec Mohamed.

— Préviens-le que sa mère est à l'hôpital.

Dans le désert, Alphonse bavarde avec l'âme-oiseau sortie de son corps, lorsqu'il entend la sonnerie du téléphone portable :

— Allô ! Alphonse, c'est Mina. Il faut que tu rentres. Maman s'est cassé la jambe. À cause d'une apparition de Taïa.

— Je reste ici. Je vous attends cette nuit pour l'enterrement.

— Maman va s'inquiéter.

— J'irai la voir demain.

— En attendant que tu veuilles bien venir, que dois-je dire aux parents ?

— Ce que tu voudras. Cela m'est égal.

— Dis à Taïa que si elle recommence, elle n'ira pas saluer Osiris.

L'âme-oiseau est prise d'un fou rire qui secoue tout son corps. Le rire est contagieux et Alphonse pouffe à son tour.

— Comment as-tu fait pour apparaître à ma mère ?

— J'ai envoyé mon *ka*[1].

— Ton *ka* ?

1. Le *ka* est la source d'énergie qui anime la vie. Il est représenté comme un double du corps, généralement avec les deux bras levés en équerre.

— Oui, le *ka* est notre double. C'est lui qui possède notre énergie vitale. Quand notre corps terrestre est mort et reste sur terre, le *ka* continue à vivre, à se promener hors de la tombe.

— Comme c'est bizarre !

— Je ne pense pas que les étrangers puissent comprendre. L'important est que tu sois heureux avec moi. Dis-moi encore des mots d'amour.

À la tombée de la nuit, Raouf et Mina s'approchent sur un chameau chargé de leviers et d'un sac d'outils pour ouvrir le tombeau. Du haut de l'animal, Mina crie à son frère :

— Tu n'es pas venu voir Maman à l'hôpital. Je ne savais pas quoi raconter pour expliquer ta conduite ! J'ai inventé que tu dînais dans la Cité des morts avec Raouf. La princesse t'a-t-elle dit au moins où se trouve sa tombe ?

— Pas encore.

— Je me demande parfois ce que vous complotez tous les deux. Où se trouve *ta* tombe, Taïa ? demande Mina qui dissimule mal son agacement.

— C'est très simple. Vous longez la longue chaussée de la pyramide d'Ounas, vous arrivez dans la cour à colonnes, et devant le temple vous trouvez à gauche un escalier qui descend dans une tombe. Là, il y a encore mon sarcophage en granit rose.

— Quand nous l'aurons trouvé, nous viendrons te chercher, dit Raouf.

Taïa ne répond rien. Les trois amis se dirigent vers la pyramide d'Ounas, celle qui n'est plus qu'un énorme tas de cailloux et de sable. La chaussée y conduisant est encore pavée de belles pierres carrées. Quelques soubassements de colonnes rappellent l'ancienne cour à portique qui débouche sur le temple.

— C'est ici ! déclare Mina, en montrant un escalier à gauche du temple. Raouf, laisse les outils, nous viendrons les prendre quand nous aurons trouvé.

L'escalier conduit à une vaste tombe que les enfants explorent avec leurs lampes électriques. Ils remarquent des bouchons de jarre, quelques fragments de pierre, mais aucun sarcophage en granit rose.

— Nous avons dû nous tromper, dit Alphonse.

84

— Je crois plutôt que la princesse s'est moquée de nous, dit Raouf.

— Je me doutais qu'elle disait n'importe quoi, insiste Mina.

Un léger rire résonne alors dans l'escalier, et la voix qui transperce le cœur déclare d'un ton joyeux :

— C'était une farce ! Vous m'avez bien fait rire ! Par Osiris, que c'est bon de rire !

— Ce n'est pas drôle du tout, déclare Mina.

Raouf aussi est exaspéré :

— Je n'ai pas que ça à faire ! Voilà plusieurs jours que je ne vends plus de fruits, et mon père est mécontent.

L'âme-oiseau tournoie au-dessus de leur tête :

— Je rirai aussi longtemps que je le voudrai !

— Ne compte plus sur nous pour t'enterrer, déclare Mina, furieuse. Adieu, Taïa.

Et elle s'éloigne vers l'escalier, suivie de Raouf. Après avoir monté quelques marches, elle se retourne :

— Alphonse ! Viens !

— Je ne peux plus m'éloigner d'elle, murmure-t-il.

— Laisse-les partir, lui conseille Taïa. Ils ne savent pas profiter de la vie. À toi seul je montrerai ma tombe.

À l'air libre, devant le temple, Mina a les larmes aux yeux :

— C'est affreux ce qui arrive à Alphonse, murmure-t-elle. Il faut le sauver !

— Nous ne pouvons rien faire, tant que le *ka* de Taïa lance des sorts.

Tous deux restent un moment silencieux, puis Mina déclare :

— J'ai une idée. La nuit prochaine, tu reviendras avec une massue, et dès que tu verras Alphonse tu l'assommeras. Quand il sera complètement évanoui, nous le déposerons sur le chameau. Et chaque fois qu'il se réveillera, tu lui donneras un grand coup sur la tête.

— Ce n'est pas une bonne idée, répond Raouf.

L'âme-oiseau conduit Alphonse de l'autre côté de la pyramide d'Ounas jusqu'à la petite entrée d'un couloir. Celui-ci est très bas et s'enfonce sous la terre.

Alphonse rampe à moitié dans l'inconfortable chemin jusqu'à ce qu'il atteigne une petite pièce voûtée dont les murs sont couverts de hiéroglyphes.

L'âme-oiseau s'arrête devant une statue portant la coiffe rouge de la Basse-Égypte.

— Voilà mon père, dit-elle d'une voix tremblante d'émotion. Le bonheur m'envahit de revoir son visage tant aimé. Il disait que j'avais une démarche de gazelle, les cheveux comme des rayons de soleil, et la voix aussi vibrante que le vent dans les papyrus. Père bien-aimé, qu'Osiris me permette de te rejoindre bientôt pour l'éternité.

Dans la deuxième petite chambre, il ne reste rien d'autre que les textes gravés sur les murs.

— C'était sa chambre funéraire, dit Taïa. Elle a été pillée. Il reste les prières écrites sur les murs. Écoute comme c'est beau.

Elle s'approche des hiéroglyphes et lit :

— *Lève-toi, ô roi. Tes pieds frappent la terre pour prendre leur essor vers le ciel. Alors, pour toi s'ouvrent les portes du Ciel, pour toi se déploient les portes de la fraîcheur. Tu rencontres Rê, debout, il te salue, te prend par la main et te conduit dans les demeures divines.*

— Et ta tombe à toi, où se trouve-t-elle ? s'inquiète Alphonse.

— Suis-moi.

Dans une troisième pièce, très petite, avec des niches dans les murs, Taïa montre le sol couvert de dalles d'albâtre. Elle en indique une en disant :

— Soulève cette dalle. Tu seras surpris par ce que tu découvriras.

Alphonse essaie en vain de dégager la pierre avec ses mains.

— Je vais chercher les outils que Raouf a apportés. Nous reviendrons tout à l'heure.

Et, par prudence, il grave maladroitement sur la dalle, avec un coin de sa lampe de poche : Taïa.

— Comme cela, je ne pourrai pas me tromper.

Alphonse est inquiet et la beauté du ciel resplendissant d'étoiles ne lui apporte pas la paix. Au fond de son cœur, malgré lui, revient obstinément une pensée alarmante : que deviendra-t-il sans la princesse ?

Une heure plus tard, Alphonse et l'âme-oiseau se glissent à nouveau dans l'étroit couloir. Au gré des mouvements de la lampe surgissent puis disparaissent des barques, des colonnes, des ombelles de papyrus, des animaux, des dieux, dans un étrange défilé d'images. Alphonse se sent mal à l'aise.

Bien qu'un obscur pressentiment emplisse son cœur, il frappe la jointure de la dalle avec un ciseau à pierre et un marteau. Le martèlement des outils résonne étrangement sous la terre. Lorsqu'il a pratiqué un orifice suffisant, Alphonse y enfonce un levier avec lequel, péniblement, il soulève et déplace la dalle sur le côté. Apparaît alors un puits profond de plusieurs mètres d'où s'exhale une odeur épaisse et fade, mélangée à de fortes odeurs d'huiles d'embaumement.

— Regarde au fond du trou si tu aperçois mon sarcophage, demande l'âme-oiseau.

Alphonse se met à quatre pattes et se penche, une lampe électrique à la main. Tout à coup, l'oiseau se pose sur la tête du garçon, qui, surpris par ce geste, perd l'équilibre et dégringole au fond du puits.

— Alphonse ! Tu vas bien ?

— Oui. Non. Pas du tout !

— Que vois-tu ?

— Un sarcophage de granit rose. Il est vide !

— C'est le mien ! s'exclame la princesse d'un ton triomphant. C'est bien mon puits funéraire. Juste à côté de celui de mon père.

— Il y a aussi un tas de momies d'ibis, de chats, et de chiens, déclare Alphonse. Cela sent très fort !

Le visage de l'âme fait une grimace d'indignation :

— On a osé utiliser ma tombe ! Par Osiris, quelle impudence !

Alphonse essaie de regrimper le long du puits, mais les parois sont humides, suintantes et très hautes. Après des efforts répétés et inutiles, il déclare, essoufflé :

— Préviens-vite Mina. Dis-lui de venir immédiatement me chercher.

— Pas tout de suite, pas tout de suite ! Nous allons nous amuser encore un peu. J'aime tellement que tu prononces mon nom.

— Taïa, j'ai peur.

Brusquement la lampe de poche s'éteint et Alphonse se retrouve plongé dans une obscurité totale.

— Taïa ! Taïa !

Mais personne ne répond. Taïa est repartie.

CHAPITRE IV

LA CONFÉRENCE DE PRESSE

Au fond du puits funéraire, Alphonse guette le moindre bruit. Mais le silence est aussi dense que l'obscurité, et d'affreuses pensées surgissent dans son esprit. Cette princesse qu'il aime tant, va-t-elle le laisser dépérir dans ce trou ? Veut-elle l'entraîner dans sa mort ? Et aussi fort que son amour, Alphonse sent la peur, la peur aux longs tentacules de méduse, l'envahir lentement.

Enfin, il entend la voix qui transperce le cœur.

— Bienvenue, Alphonse ! Je me suis réveillée avant l'aube ce matin.

— Où étais-tu ?

— Je dormais dans ma momie.

— Tu es partie sans même me dire au revoir ! As-tu prévenu Mina ?

— Prononce mon nom, je te prie, Alphonse.

— Je le prononcerai si tu avertis Mina.

— Mina et Raouf viendront certainement cette nuit, répond la princesse. Tu n'as aucune raison de te fâcher. Ne sois pas cruel envers moi ! Sois gentil ! Dis mon nom !

Alphonse garde un silence obstiné. Taïa finit par se fâcher :

— Par Osiris, quel furieux entêté ! Si tu ne dis rien, je m'en vais.

— J'ai faim et j'ai soif, finit par grommeler Alphonse.

— Si je t'apporte de la nourriture, tu redeviendras gentil ?

— Oui, Taïa, ma princesse.

Le visage de l'âme-oiseau sourit de triomphe et de bonheur.

Dès que le jour éclaire la terre, la princesse s'envole faire les commissions pour Alphonse. Elle longe les toits du Caire à la recherche d'un marché, qu'elle trouve près de la Citadelle. Hommes et femmes, attentifs aux étalages, ou occupés par de longues palabres, ne remarquent pas l'étrange âme-oiseau. Soudain, celle-ci fonce sur une échoppe et s'empare de deux brochettes de mouton.

— Au voleur ! Au vol…

En découvrant l'oiseau à tête humaine, le marchand reste la bouche ouverte de stupeur. Ses voisins, le voyant le nez en l'air, lèvent à leur tour la tête pour apercevoir la cause d'un tel étonnement. Dès que l'âme-oiseau a disparu, le boucher s'empresse de raconter l'extraordinaire événement. Autour de lui, un groupe de plus en plus large se forme, chacun commentant l'apparition avec des exclamations variées. Puis, les uns et les autres repartent pour raconter ailleurs ce qu'ils viennent d'entendre. Bientôt le marché tout entier discute de la vraisemblance de cette vision : un oiseau à tête et mains humaines s'emparant d'une brochette de mouton. Les sceptiques se moquent :

— Pourquoi pas Dumbo l'éléphant tombant du ciel ? dit l'un.

— Ou un fakir sur un tapis volant ? suggère son voisin.

D'autres, plus crédules ou superstitieux, s'inquiètent.

— C'est un mauvais présage, dit une femme.

— Si les momies se réveillaient et venaient prendre nos enfants ! s'affole une autre.

— Qu'Allah les protège du malheur ! dit une troisième.

Pendant qu'on parle, crie, s'agite, l'âme-oiseau s'empare d'un pain, d'un sac de dattes et de deux bananes. Et lourdement chargée, elle s'en retourne dans la tombe.

— Alphonse ! Alphonse ! déclare la voix enchanteresse. Voilà de quoi manger !

Et elle laisse tomber dans le puits ses achats du jour. Il fait si noir qu'Alphonse ne distingue rien. Maladroitement il tâtonne le sol pour trouver les aliments, frissonnant d'effroi lorsqu'il touche une momie d'animal.

— Trouve-moi une lampe de poche, je n'y vois rien, Taïa. Et de l'eau, Taïa. Et merci, Taïa. Et surtout, amène Mina ici.

Une lumière grise, crépusculaire s'étend sur la nécropole de Saqqara lorsque Mina et Raouf arrivent en chameau.

— Crois-tu que Taïa va se méfier de nous si nous n'allons pas la chercher dans sa momie ? demande Raouf. Elle n'a plus confiance en moi depuis ma visite au directeur du musée du Caire.

— Elle viendra ici toute seule. Nous allons l'épier et la suivre pour savoir où se trouve Alphonse. L'important est de la repérer avant qu'elle nous remarque. Je vais me cacher près de la pyramide d'Ounas, et toi, près de celle de Djoser. Le premier qui aperçoit l'âme-oiseau siffle trois fois.

— D'accord.

Mina s'aplatit au pied des ruines de la pyramide du pharaon Ounas. Elle entend, non loin, les ouvriers et les derniers visiteurs s'en aller, dans de grands bruits de moteurs qui font blatérer les chameaux. Le silence s'installe petit à petit, un silence de mort. Alors apparaît l'âme de Taïa, serrant dans ses mains une bouteille d'eau. Elle survole la chaussée du temple, tourne à droite et s'engouffre dans l'étroit passage qui s'enfonce sous la pyramide.

Mina siffle trois fois et signale de loin la direction à Raouf.

Tous deux se précipitent vers la tombe du pharaon. Ils rampent dans l'étroit couloir qui leur paraît très long et débouche sur la première petite pièce voûtée aux murs couverts de hiéroglyphes. Au pied d'une statue, l'âme-oiseau, immobile, dévisage avec ravissement le visage de son père Ounas.

— Où se trouve Alphonse ? demande Mina.

L'âme sursaute et répond d'un ton contrarié :

— Je l'ignore.

— Menteuse !

Les yeux de Taïa étincellent de colère mais avec un sourire charmeur elle déclare d'un ton faussement badin :

— J'ai sommeil et je vais retrouver ma momie.

Mina s'approche d'elle et hurle :

— Dis-moi où se trouve Alphonse ou je te tue !

— Tu me fais mal aux oreilles et tu es une impudente petite fille ! Je peux, si je le désire, emmener ton frère avec moi au royaume d'Osiris. Il est en mon pouvoir et m'aime tant qu'il me suivra partout.

— Tu n'iras jamais au royaume d'Osiris, déclare Mina d'une voix sombre. Car je vais donner des coups de pied à ta momie, arracher ses bras et ses jambes, piétiner sa poitrine et, ce qui en restera, je le brûlerai. Ainsi ton corps

décomposé ne pourra plus jamais partir pour l'éternité.

L'âme-oiseau est secouée de tremblements, ses paupières battent de nervosité, et ses doigts grattent le mur de rage. Puis, maîtrisant sa colère, elle dit :

— Ne te fâche pas. Nous en reparlerons demain. Je suis fatiguée. J'ai beaucoup volé aujourd'hui. Mais fais bien attention. Si quelqu'un touche à ma momie, personne ne saura où se cache Alphonse.

Et elle s'envole. Raouf et Mina restent silencieux puis remontent lentement le couloir.

Au petit matin, Mina court dans les couloirs de l'hôpital. À l'entrée du service de chirurgie, une infirmière l'arrête :

— Où allez-vous ?

— Je vais voir ma mère, Mme Rosito.

— Ce n'est pas l'heure des visites, mademoiselle.

— C'est urgent !

— On ne dérange pas les médecins et les infirmières pendant leur visite du matin. Vous devriez le savoir.

— Mais vous ne comprenez pas que mon frère va peut-être mourir ! s'indigne Mina.

Et repoussant brutalement l'infirmière, elle déboule dans la chambre de sa mère, qui s'entraîne à marcher avec des béquilles.

— Maman ! Alphonse a disparu !

Et elle éclate en sanglots. Mme Rosito s'assied sur le lit et garde un calme apparent :

— Arrête de pleurer ! Explique-moi ce qui se passe.

Entre ses pleurs, Mina raconte toute l'aventure avec la momie.

— Je le pressentais ! gémit la mère. Je devinais que ce travail de fouilles parmi les tombes était bizarre. Appelle ton père au bureau.

Mina s'exécute aussitôt et passe le combiné à sa mère.

— Allô !

Pendant que Mme Rosito explique les événements au téléphone, Mina continue à pleurer. Tout cela est de sa faute. Elle n'aurait pas dû suivre l'orange-soleil, elle aurait dû parler de Taïa à ses parents avant de partir à Louxor, elle aurait dû…

— Ton père revient ce soir. Je demanderai à sortir de l'hôpital cet après-midi. Prépare ma valise, dit Mme Rosito en essuyant ses larmes.

— Pardonne-moi, maman, sanglote Mina.

Pendant ce temps, l'âme de Taïa fait le marché pour Alphonse. Les habitants du Caire, la veille effrayés par l'oiseau à moitié humain, s'amusent maintenant de cette visite exceptionnelle.

— Oiseau, viens ici prendre des brochettes ! crie le boucher.

— Je m'appelle Taïa, dit l'âme-oiseau.

— Tu parles ? s'étonne l'homme.

— Bien sûr ! Je suis une âme. Je vais bientôt m'en aller au royaume d'Osiris.

— Maintenant ?

— Oui ! j'ai déjà beaucoup attendu.

Et Taïa, ravie de l'intérêt qu'elle suscite, commence à narrer son aventure.

Le lendemain matin, Mme Rosito claudique jusqu'à la terrasse de l'hôtel où M. Rosito et Mina prennent leur petit déjeuner, lorsqu'un jeune serveur apporte un journal du matin. À peine M. Rosito a-t-il regardé la première page qu'il s'exclame :

— Ah ! ça alors !

— Que se passe-t-il ? demande Mina.

— Écoutez bien : *Un événement exceptionnel passionne la population du Caire. Un oiseau à tête humaine dit être l'âme d'une princesse de la famille du pharaon Ounas. Elle va faire le marché tous les matins.*

— Voilà une bonne nouvelle ! soupire Mme Rosito. Si elle fait le marché, c'est qu'Alphonse est vivant.

— Ne m'interromps pas, demande le père. *L'âme de cette princesse, du nom de Taïa, répondra demain aux questions des journalistes et des Cairotes, à midi, devant la porte de la Citadelle et demandera un enterrement conforme à la tradition pharaonique.*

— C'est une catastrophe ! interrompt Mina.

— Pourquoi donc ?

— Si tout le monde prononce son nom et organise la cérémonie de l'ouverture de la bouche, Taïa n'aura plus besoin d'Alphonse ! Elle l'oubliera et le laissera mourir.

— Ma petite fille, ne dis pas des choses pareilles ! s'alarme Mme Rosito.

— Je vais téléphoner à l'ambassade de France, dit M. Rosito, et demander un rendez-vous urgent avec l'ambassadeur.

— Moi, je vais chercher Raouf, décide Mina en s'esquivant.

La Cité des morts est particulièrement animée, car le vendredi, jour de repos, de nombreux musulmans viennent saluer leurs ancêtres et leurs proches défunts. Près des tombes, des familles entières pique-niquent et chantent gaiement. Plus loin, un long cortège défile en direction du tombeau de l'imam El Chafeï, descendant de la famille du prophète Mahomet [1].

Enfin, à l'intérieur d'un mausolée surmonté d'un minaret de trois étages, Mina trouve Raouf en train de tisser des paniers avec des fibres de palmier.

— Voici Mina, dit-il avec un grand sourire en s'adressant à deux de ses petits frères qui jouent avec une balle.

— *Salamalekoum*, Mina, dit l'aîné.

— *Salam* [2] ! s'écrie le deuxième.

1. Mahomet : prophète arabe du VIe siècle qui prêcha la religion de l'islam.
2. *Salam* veut dire en arabe : « Que la paix soit avec toi. »

Mais la petite fille ne s'adresse qu'à Raouf :

— Taïa donne une conférence de presse demain à midi. Elle s'installera sur une tour de la porte de la Citadelle.

— C'est très dangereux. Quelqu'un peut l'attraper ou la tuer !

— Qu'on en fasse ce qu'on veut ! déclare Mina. Ce qui importe, c'est de retrouver Alphonse. Mon père est revenu. Ma mère a quitté l'hôpital. Viens nous aider.

Au milieu de la nuit, une voiture s'arrête devant la nécropole de Saqqara.

— Raouf, viens m'éclairer, demande M. Rosito.

Le jeune Égyptien éclaire aussitôt un plan.

— Voici le schéma de la tombe d'Ounas que l'on m'a donné à l'ambassade. Je n'ai parlé de rien d'autre car j'avais peur que Taïa m'empêche de parler. Alors montre-moi où vous êtes déjà allés.

— Nous avons d'abord tourné à gauche : il n'y avait pas de sarcophages. Ensuite nous sommes entrés sous la pyramide à droite. Et

nous nous sommes arrêtés dans la première pièce couverte de hiéroglyphes.

— En réalité, il y a encore des petites pièces derrière. Allons-y.

Chargés d'outils, de lampes et d'une échelle de corde, M. Rosito, Mina et Raouf se dirigent vers la pyramide et rampent dans le couloir. Ils traversent la première pièce, la deuxième, puis Mina s'écrie :

— Venez voir ! Il y a un trou !

— C'est sûrement un puits funéraire ! Alphonse ! Alphonse ! Es-tu là ?

— Il faut crier plus fort, dit Mina. Alphonse ! Réponds !

— Je descends, dit Raouf en lançant l'échelle de corde.

Au milieu des momies d'animaux écrasées, Alphonse sommeille. Son esprit semble troublé car il a du mal à comprendre ce que Raouf lui dit :

— Viens, remonte. Allez, viens, tu ne vas pas rester dans ce puits !

Tirant et poussant le garçon, il l'aide à remonter péniblement.

— Où se trouve Taïa ? demande aussitôt Alphonse à sa sœur. Je veux rester avec elle, jusqu'à son départ de la terre.

— Elle te rejoindra, dit Mina doucement. Pour le moment, elle dort. Elle va bien. Ne t'inquiète pas.

Alphonse a un sourire de bonheur sur son visage épuisé.

Lorsque Alphonse se réveille, l'air est frais, les draps sont doux. Il ressent une délicieuse impression de sécurité et de confort. La fenêtre s'ouvre sur un ciel très bleu, la chambre est claire et Mina joue aux échecs avec Raouf sans dire un mot. Soudain une violente douleur transperce son cœur.

— Taïa ! Où est-elle ? demande-t-il.

— Bonjour, mon frère ! Taïa va très bien. Elle va bientôt donner une conférence de presse.

— Il faut que j'y aille ! dit Alphonse.

— Ce sera trop fatigant pour toi ! explique Raouf. Il y aura foule. Tu ferais mieux de continuer à te reposer.

— Et s'il arrive quelque chose à Taïa ?

Mina n'arrive plus à cacher son irritation :

— Ce sera de sa faute. Elle n'avait qu'à partir tranquillement, avec notre aide, au Royaume des morts. Elle a voulu faire la maline, continuer à rigoler, à bavarder…

Alphonse jette à sa sœur un regard si triste qu'elle se tait et baisse la tête. Puis elle ajoute d'un air contrit :

— Elle ne partira pas, là-haut, sans t'avoir revu. N'est-ce pas, Raouf ?

— Oui. Elle compte sur toi pour lui faire l'ouverture de la bouche.

Alphonse, apaisé, referme les yeux. Mina ne peut s'empêcher d'ajouter :

— Elle va très très bien, sans toi. Tout le monde au Caire prononce son nom !

— Tant mieux, murmure Alphonse. Elle est heureuse !

« Taïa… Taïa… Taïa… Taïa… » De tous côtés, le nom de la princesse est répété par cent voix différentes. Taïa exulte de joie. Exister encore, pour tant de gens, après tant de millénaires, quel privilège ! Quel enchantement ! Tournant sa tête à gauche, à droite, souriant à tous, Taïa salue et remercie. Puis elle bat des ailes pour obtenir le silence, et annonce d'une voix forte :

— Je suis le premier enfant de la grande épouse royale du pharaon Ounas. Ma naissance donna lieu à de magnifiques réjouissances. Sur le balcon du palais…

Mina regarde la scène, excédée :

— Elle va raconter toute sa vie ! Comme si cela pouvait intéresser l'assistance !

Raouf ne peut s'empêcher de sourire :

— Cela l'intéresse beaucoup, justement ! Ce n'est pas tous les jours qu'on écoute l'âme d'une momie.

— Elle s'est maquillée ! Quelle coquetterie ridicule !

— Serais-tu jalouse ?

La mauvaise humeur de Mina ne désarme pas devant la gaieté de cet oiseau humain dont les yeux fardés brillent, et dont la voix bouleverse les cœurs.

— Je m'en doutais ! Elle raconte encore sa danse sur l'hippopotame. Si elle raconte tous les événements de sa vie, cela peut durer longtemps.

Raouf ne répond pas. Mina pousse en vain des soupirs excédés. Le jeune Égyptien finit cependant par s'inquiéter.

— J'ai peur que Taïa ne se fatigue. Regarde-la bien. Ses paupières battent sans cesse.

L'âme-oiseau, en effet, après l'exaltation des premiers moments, sent une grande confusion envahir son esprit. Le bruit des moteurs de voiture, celui du marteau piqueur dans une rue adjacente, les cris, les klaxons, résonnent douloureusement dans sa tête. Son nom, proféré par trop de voix, dans trop d'endroits, devient un grondement confus et menaçant. Devant elle, visages et couleurs se mettent à osciller, puis à tournoyer, à tournoyer de plus en plus vite, si bien qu'elle pousse un cri : « Alphonse, protège-moi », et tombe au pied de la Citadelle.

Aussitôt la foule hurle et se bouscule ; une houle humaine avance vers l'âme-oiseau foudroyée. Bientôt stridulent les sifflets des policiers qui tentent d'évacuer les spectateurs.

— On va voir ce qui se passe, déclare Mina.

— Attendons.

Lorsque la place au pied de la Citadelle s'éclaircit, trois policiers entourent l'âme-oiseau qui repose, étourdie, sur le macadam. Alors arrivent deux voitures avec gyrophare, d'où sortent des hommes élégamment vêtus.

— Regarde ! c'est le directeur du musée, murmure Raouf.

La délégation s'approche de l'âme-oiseau. Le directeur la ramasse précautionneusement tandis qu'un jeune homme apporte une grande cage dans laquelle l'âme de Taïa est rapide-ment enfermée.

— La pauvre ! ne peut s'empêcher de dire Mina. Vivre quatre mille ans pour finir dans une cage ! C'est vraiment bête.

— Elle aime trop bavarder, commente Raouf.

Puis tous deux restent silencieux, réflé-chissant à l'avenir.

— Et Alphonse ! s'exclame soudain Mina. Qu'allons-nous lui dire ?

Alphonse chantonne gaiement. Quelques instants auparavant, épuisé dans son lit, il songeait avec une douleur lancinante à l'absence de sa princesse. Mais au moment même où Taïa chutait de la Citadelle, il s'est senti délivré, joyeux, impatient de visiter la ville. Étonné de se retrouver seul dans la chambre, il se lève, s'habille, descend l'escalier de l'hôtel en fredonnant et demande au portier :

— Savez-vous où se trouvent ma sœur et mes parents ?

— Je crois qu'ils sont partis, comme beaucoup d'autres, à la conférence de presse de la princesse Taïa.

Alphonse se souvient vaguement d'avoir entendu parler de cette conférence et décide d'attendre ses parents sur la terrasse, en lisant une bande dessinée.

Dès que Mina l'aperçoit, elle se tourne vers Raouf :

— Nous devrons être très prudents. J'ai peur de sa réaction.

Raouf s'approche :

— Alphonse !

Celui-ci lève la tête et sourit :

— Alors, comment s'est déroulée cette conférence de presse ?

— Taïa est tombée et a été enfermée dans une cage par le directeur du musée, avoue brusquement Mina.

Alphonse garde sa tranquillité.

— C'est dommage pour elle.

— C'est catastrophique, tu veux dire ! s'exclame Raouf. Elle devait s'en aller au Royaume des morts.

Alphonse baisse la tête, réfléchit un moment avant de déclarer :

— Je m'en souviens maintenant. C'est même moi qui dois pratiquer l'ouverture de la bouche ! Je me déguiserai en prêtre égyptien.

Raouf est ahuri par les réactions d'Alphonse.

— Tu ne l'aimes donc plus ?

— Qui ?

— Taïa.

Alphonse rit :

— Je ne vais pas être amoureux d'une morte !

— Alors tu es totalement désenvoûté ! s'exclame Mina qui n'en croit pas ses oreilles. Ce matin encore, tu ne pouvais plus te passer d'elle.

— J'ai été très heureux et très malheureux avec Taïa. Mais maintenant, c'est fini. Où se trouve-t-elle ?

— Emprisonnée dans une cage.

Alphonse se lève brusquement.

— Il faut quand même la délivrer. Je dois tenir ma promesse et l'aider à rejoindre le royaume d'Osiris.

— Ce ne sera pas facile ! dit Raouf.

— Puisque tu ne l'aimes plus ! ajoute Mina.

— Je n'abandonnerai pas quelqu'un qui m'a donné tant de joies.

— Je t'approuve. Montons dans la chambre et préparons un plan, déclare Raouf.

En fin d'après-midi, les deux garçons pénètrent dans le musée archéologique du Caire. En déambulant à travers les salles, Alphonse se sent beaucoup plus ému qu'à sa première visite. Tout parle à son cœur : ces dieux, ces animaux, ces amulettes, ces vases ; de même que tous ces pendentifs, ces colliers, ces cuillères à fard, ces diadèmes, et tous ces êtres, tous ces objets qui appartenaient au monde pharaonique, au monde de Taïa.

Il y a la queue pour entrer dans la salle des momies où reposent, parmi de prestigieux pharaons, Ramsès II, Seti Ier, Ahmosis Ier.

— La princesse sera bien entourée, si sa momie est exposée ici, commente Raouf. Pourvu que d'ici là elle devienne un peu plus raisonnable.

Et remarquant le visage tendu d'Alphonse, il demande à voix basse :

— Tu vas bien ?

— Je ne l'entends plus, mais je suis certain qu'elle m'appelle, qu'elle souffre.

— Ce ne sera plus long. L'heure de la clôture approche.

Effectivement une voix, dans le haut-parleur, déclare :

— Mesdames, messieurs, veuillez rejoindre la sortie, s'il vous plaît. Le musée ferme dans dix minutes.

Tandis que les visiteurs rejoignent la grande porte d'entrée, Raouf et Alphonse se dirigent au contraire vers les salles les plus éloignées. Là, ils se dissimulent dans un coin sombre derrière des sarcophages. Bientôt un gardien fait une dernière ronde, et, de salle en salle, éteint les lumières. Les garçons entendent enfin les cliquetis des serrures et des manettes

de sécurité, et les pharaons, les paysans et ouvriers des anciens temps retrouvent le silence.

— Tu n'entends vraiment plus Taïa ? demande Raouf.

— Non.

— C'est dommage. Cela nous aurait aidés à la retrouver.

Au fond du musée, les deux garçons empruntent un étroit escalier. Prudemment ils entrebâillent une porte, puis une autre et enfin découvrent dans la troisième pièce l'âme de Taïa. Ses yeux sont gonflés, de grosses larmes tombent dans la cage et forment une petite mare.

— J'ai les pieds trempés, gémit-elle.

Puis levant ses paupières dégoulinantes de khôl noir, elle murmure :

— Alphonse, tu es enfin venu ! Sors-moi de cette prison !

— Es-tu prête à partir pour l'éternité ? demande Alphonse.

— Le plus vite possible. Je ne veux plus rester sur cette terre où je suis en danger de mort éternelle.

— Tu ne bavarderas plus à tort et à travers ?

Taïa fait une petite moue incrédule :

— J'espère qu'au royaume d'Osiris on parle encore beaucoup. Vite, ouvrez la cage.

Alphonse s'apprête à soulever le loquet lorsque Raouf arrête sa main.

— Je n'ai aucune confiance en cette princesse. Elle est capable d'inventer n'importe quoi. Elle restera dans cette cage jusqu'à l'ouverture de la bouche.

— Que le crocodile t'avale ! s'écrie Taïa, furieuse.

Mina, un livre dans les mains, confortablement installée sur son lit avec deux oreillers dans le dos, se renseigne sur le cérémonial d'enterrement. De temps à autre, elle fronce les sourcils dans son effort pour bien comprendre tous les détails du rite mortuaire. Soudain, elle entend résonner sur les dalles la jambe plâtrée de sa mère, puis deux petits coups sont frappés à la porte qui s'entrouvre sur ses parents.

— Vous ne dormez pas encore à cette heure-ci ! Où se trouve Alphonse ? demande Mᵐᵉ Rosito, interloquée.

— Il est parti se promener. Il était énervé. Comment s'est passé votre dîner chez l'ambassadeur ? demande Mina d'un ton anodin.

— Très bien. C'est un homme charmant, dit M. Rosito. Nous sommes venus te demander de préparer ta valise. Maintenant que cette histoire de momie est terminée, nous repartons demain pour Paris. Il est temps que chacun retourne travailler.

— Demain, ce n'est pas possible, explique Mina tranquillement.

— Pas possible ?

— Non.

— À cause de quoi, je te prie ? demande M. Rosito en s'efforçant de garder son calme.

— À cause de la princesse du troisième millénaire avant Jésus-Christ.

Mme Rosito explose d'exaspération :

— Je ne veux plus entendre parler de cette Taïa ! Êtes-vous devenus fous ! Voulez-vous me faire perdre la raison ?

Puis se tournant vers son mari :

— Fais quelque chose ! Nous n'allons pas nous laisser mener par les caprices de nos enfants pour une morte. Je vais piquer une crise de nerfs si cela continue.

Mina prend un ton tranquille.

— Inutile de t'énerver, Maman. Nous rentrerons après-demain à Paris. D'ici là, tout sera arrangé et nous ne parlerons plus jamais de la momie devant toi. Je comprends que tu ne la supportes pas. Va te reposer et laisse-moi discuter avec Papa.

Mme Rosito interroge son mari du regard.

— Elle a raison. Mieux vaut que tu te reposes. Je vais t'accompagner jusqu'à notre chambre.

Et il prend sa femme par le bras, en faisant un petit sourire entendu à Mina.

Dans le musée, à trois heures du matin, lorsque la ville est endormie, Raouf ouvre une fenêtre qui donne sur une rue tranquille. Sous son blouson, il porte, bien dissimulée, une corde cachée autour de sa poitrine. Alphonse l'aide à la dérouler. Puis le garçon recouvre la cage d'une chemise de nuit de sa sœur.

— Drôle de momie, chuchote-t-il.

Alphonse n'a pas le cœur à rire. Le premier, il descend dans la rue, en prenant appui sur les fenêtres. Avec la corde, Raouf fait glisser précautionneusement la cage jusqu'au trottoir et saute à son tour. L'âme de Taïa terrorisée se pelotonne dans un coin contre les barreaux.

Sur la place, une voiture fait des appels de phare.

— Voilà Papa et Mina, dit Alphonse.

Les deux garçons s'empressent de monter dans le véhicule avec l'âme-oiseau.

— Merci d'être venu, dit Alphonse.

Et s'adressant à sa sœur :

— Tu as lu tout ce que nous devions faire ?

— Je sais tout. Tu devras te faire raser la tête et te vêtir d'une peau de panthère.

Raouf réprime difficilement un fou rire.

— Rasé complètement ? demande Alphonse.

— Complètement. Sinon Taïa fera encore la difficile et trouvera une raison de rester sur terre.

— Non, dit Taïa dans sa cage. Cette terre ne me convient plus. Je m'y sens comme une étrangère.

— Raouf, tu devras emprunter une herminette, informe Mina.

— Qu'est-ce que c'est ?

— Une sorte de petite hache à bout recourbé. On en trouve chez les charpentiers.

— Et toi ? Que feras-tu ?

— Moi je m'habillerai avec une robe claire, en signe de deuil, et je ferai la pleureuse. J'achèterai des oignons. Et toi, Raouf, tu tiendras la momie debout. Papa nous emmènera en voiture à la porte de la nécropole et nous attendra.

La journée se passe dans l'énervement et l'impatience. La nuit tombée, M. Rosito dépose les trois enfants près de la nécropole.

Alphonse, vêtu comme un prêtre, a le crâne tout blanc et une peau de panthère louée dans un magasin de costumes pour le cinéma.

Il paraît très ému. Mina pleure et se lamente dans une robe de dentelle blanche. Raouf porte la cage.

Une fois arrivée près de la momie, l'âme de Taïa réintègre aussitôt son corps. Puis, les deux garçons transportent la momie jusqu'à la pyramide d'Ounas. Ils ont beaucoup de mal à la glisser par l'étroit chemin qui mène au puits funéraire. Une fois arrivé au bord du puits, Raouf soulève la momie et la dresse sur ses pieds.

Alphonse, en grand prêtre, s'avance alors avec gravité.

— Taïa, le moment est venu pour toi de rejoindre le royaume d'Osiris. Ne te fais pas de soucis : tu ne seras pas oubliée sur la terre. Raouf donnera ta momie au musée, et chaque jour, des centaines de visiteurs prononceront ton nom. Il sera écrit dans les livres, dans les guides, enregistré sur des cassettes, et parfois filmé pour le cinéma. Pars donc le cœur léger. Moi, c'est le cœur reconnaissant que je te quitte.

Il s'approche de la momie et la serre longuement dans ses bras.

— Jamais je ne t'oublierai, murmure-t-il.

Puis il accroche au cou de Taïa un œil oudjat[1] qui représente l'œil gauche d'Horus, fils d'Osiris, afin que le dieu la protège dans son voyage vers l'éternité.

Alors la voix qui transperce le cœur s'élève une dernière fois.

— Merci de m'avoir sauvée de l'errance perpétuelle. Alphonse, avec toi j'ai connu une dernière fois l'éclat du bonheur.

Mina redouble de pleurs. Alphonse prend l'herminette pour toucher la bouche, les yeux, les oreilles, les narines du visage de Taïa, afin de leur donner la capacité de voir, sentir, toucher, entendre et goûter les bonnes choses du royaume éternel.

— Maintenant, je ranime tes sens pour ta seconde vie, déclare Alphonse. Réveille-toi ! Lève-toi, ô Taïa ! Secoue la terre loin de toi. Tu es le pur lotus qui est né du soleil, la fleur de pureté qui rejoint son père. Les portes du ciel te sont ouvertes. Osiris t'attend pour te conduire dans les demeures divines.

— Osiris, je viens ! murmure Taïa.

1. Oudjat : amulette symbolisant la santé et la vie.

ÉPILOGUE

Deux jours plus tard, le directeur du musée archéologique du Caire reçoit une lettre.

Monsieur le directeur,

Nous donnons au musée du Caire la momie de Taïa, princesse de la Ve dynastie, fille du pharaon Ounas, que nous avons découverte, mon frère Alphonse Rosito, Raouf Saada et moi. Nous serons déjà à Paris quand vous recevrez cette lettre. C'est donc Raouf, demeurant dans la Cité des morts (celle du sud), sous un minaret, qui vous indiquera où la momie se trouve. Raouf aimerait devenir archéologue. Si vous pouviez lui faire obtenir une bourse d'études, ce serait la meilleure façon de le remercier d'avoir retrouvé une si jolie momie aux cheveux roux. Je vous en remercie par avance. Occupez-vous bien de Taïa et mentionnez bien son nom. Elle y tient beaucoup. Nous reviendrons la voir.

Avec mes salutations.

Mina Rosito.

APPENDICE

Pour les Égyptiens, au temps des pharaons, l'être humain était composé de différents éléments :
— le **corps** ;
— le **ba**, représenté comme un oiseau à tête humaine dont les pattes se terminent par des mains (ce *ba* peut quitter le corps et y revenir, il évoque plus ou moins ce que nous appelons l'âme : c'est l'âme-oiseau de Taïa) ;
— le **ka** est la source d'énergie qui anime la vie ; représenté comme un double du corps, généralement avec les deux bras levés en trapèze au-dessus de la tête, il peut sortir de la tombe ;
— l'**akh** réunit le corps et l'âme lorsque, après la mort terrestre, ils habitent dans le Royaume des morts avec les dieux ;
— le **nom** : le nom personnel n'est pas seulement un signe d'identification, il est chose vivante (en écrivant le nom d'une per-

sonne, en le disant, en l'écrivant, on la fait vivre et survivre).

La momification repose sur la croyance qu'il faut **empêcher le corps de se décomposer**. Pour les Égyptiens, il est nécessaire que le corps mortel soit préservé pour accéder à la vie éternelle.

La légende qui sous-tend cette croyance est celle du dieu Osiris. Il fut découpé en trente-six morceaux par son frère Seth, et ces morceaux furent éparpillés en Égypte. La sœur-épouse d'Osiris, Isis, a retrouvé et rassemblé les fragments dispersés du corps et permis ainsi au dieu d'accéder à la vie éternelle. C'est pourquoi Osiris est le dieu du Royaume des morts.

TABLE DES MATIÈRES

Composition : Francisco *Compo* - 61290 Longny-au-Perche

Imprimé en France sur Presse Offset par

BRODARD & TAUPIN
GROUPE CPI

27054 La Flèche (Sarthe), le 03-12-2004
Dépôt légal : septembre 1999
Suite du premier tirage décembre 2004

12, avenue d'Italie • 75627 PARIS Cedex 13

Tél. : 01.44.16.05.00